名家讲唐诗（插图本）

《文史知识》编辑部 编

中华书局

图书在版编目（CIP）数据

名家讲唐诗/《文史知识》编辑部编. —北京：中华书局，
2016.4（2016.10 重印）
　ISBN 978－7－101－11273－3

　Ⅰ.名… Ⅱ.文… Ⅲ.唐诗－诗歌研究 Ⅳ.I207.22

中国版本图书馆 CIP 数据核字（2015）第 237523 号

书　　名	名家讲唐诗（插图本）
编　　者	《文史知识》编辑部
责任编辑	刘淑丽
出版发行	中华书局
	（北京市丰台区太平桥西里 38 号　100073）
	http://www.zhbc.com.cn
	E-mail:zhbc@zhbc.com.cn
印　　刷	北京瑞古冠中印刷厂
版　　次	2016 年 4 月北京第 1 版
	2016 年 10 月北京第 2 次印刷
规　　格	开本/787×1092 毫米　1/32
	印张 7⅛　字数 95 千字
印　　数	6001－9000 册
国际书号	ISBN 978－7－101－11273－3
定　　价	25.00 元

目 录

1　一洗凡调万古新

　　——王之涣《登鹳雀楼》　钟元凯

9　愤激的呼喊

　　——陈子昂《登幽州台歌》　袁行霈

15　空际传神画月光

　　——王维《白石滩》　陶文鹏

19　王维和他入选启蒙篇目的四绝句　蔡义江

35　李白《月下独酌》　袁行霈

41　古典诗歌的新鲜感

　　——李白《蜀道难》和袁枚

　《游栖霞寺望桂林诸山》　倪其心

53　哲理与诗情的交融

　　　　——李白《日出入行》　钟元凯

59　黄河长江的礼赞

　　　　——李白《西岳云台歌》和《庐山谣》　葛晓音

77　两怀高洁　不厌相看

　　　　——李白《独坐敬亭山》　刘坦宾

83　说孟浩然《过故人庄》　　倪其心

93　杜诗的"真"与"厚"　王双启

103　说杜甫《宿府》　霍松林

109　读杜甫《丹青引赠曹将军霸》　葛晓音

119　语淡情真　浑朴动人

　　　　——杜甫《客至》　张明非

125　白居易诗学杜甫一例　　顾学颉

131　野火烧不尽　春风吹又生

　　　——白居易《赋得古原草送别》　霍松林

143　绝妙山水　不朽诗章

　　　——白居易《钱塘湖春行》　廖可斌

151　解读白居易《思子台有感二首》　卞孝萱

159　淳朴的山村风光图　　　159

　　　——顾况《过山农家》　刘学锴　159

165　诗中有画情更深

　　　——韦应物《滁州西涧》　胡经之

173　美感和真实

　　　——张继《枫桥夜泊》　胡经之

185　孤独的思乡曲

　　　——戴叔伦《除夜宿石头驿》　葛兆光

191　视角转换

　　　——李商隐《夜雨寄北》　葛兆光

199　人间重晚晴

　　　——李商隐《晚晴》　韩式朋

205　一字之差　境界全非

　　　——重读杜牧《秋夕》　臧克家

211　似庄似谐　寓意深远

　　　——杜牧《赤壁》　魏耕原

一洗凡调万古新

——王之涣《登鹳雀楼》

钟元凯

白日依山尽，黄河入海流。

欲穷千里目，更上一层楼。

　　这是一首写登临远眺的小诗。作者王之涣，盛唐开元年间人，他生前坎坷不遇，"官一尉而卑栖"，死后史书不传，作品大多逸失，只存六首传世，《登鹳雀楼》便是其中之一。古来写登临送目的诗不可胜数，仅唐代题咏鹳雀楼的也早就汇编成集，而这首小诗独能从中脱颖而出,历久弥新,千百年来赢得人们广泛的喜爱。作诗的人几乎湮没无闻,诗却卓然名世,这是为什么呢?我们在此试作一番探讨。

鹳雀楼旧址位于山西蒲州(今山西省永济县)府城西南,坐立在黄河边的高阜上。它的前面是气势磅礴的中条山脉,眼底是激流滚滚的黄河。在一个晴朗的傍晚,诗人登上了鹳雀楼,自然界的森严万象顿时扑面而来——

巍峨的中条山脉绵延起伏,宛如矫健的游龙,从东

永济鹳雀楼

北往西南飞越而去，飞向遥远的天边，在那里和正在徐徐降落的太阳会合。北国晴空下的落照依然熠熠耀眼，群山披上了金丝织就的坎肩……

听！万鼓齐鸣，那砅崖转石的黄河怒涛，正掀起雪山般的巨浪，滔滔汩汩向东呼啸而去，一路冲刷泥沙，百折不回，注入浩淼汪洋的大海……

诗的开头两句，由西而东地展现了天地间的壮观。高山大川，已令人胸襟舒展，更何况引入白日、大海的宏伟形象。这两句从西头天地相连之处起笔，又把画面往东推向水天相接的远方。这已经是穷目力之所极，绘出了一个比寻常视野开阔得多、广袤无垠的世界。

但是，这里所写的景象，又岂止是开阔而已！其中含有更深的意蕴在。"白日"句所捕捉的，正是日入前夕的那个瞬间，太阳将渐敛余晕，由显而隐，由动而息，一个"尽"字，点出了松弛、收敛的态势。但诗人紧接着就用黄河入海的形象，变弛为张，变收敛为开放，一个"流"字，立时把我们引入新的境界。这一泻千里、浩浩荡荡的黄河，仿佛正以它雷鸣般的轰响和冲决一切的力量，打开了一个新的局面。这两句字面上似乎是并列对举，实际上却一阖一开、先抑后扬，组成了一幅充满运动的画面。亘古以来，白日由东向西运转不息，周而复始；黄河由西朝东奔流不已，从不枯竭。运动使万物焕发生气，宇宙的生命全赖于此。诗人所欣赏的，正是这样一个朝气蓬勃、洋溢着一派生机的世界！

这两句写景，诗人用的是疏朗的、大起大落的笔法。他不拘限于勾勒一角一隅的细微末节，而是把握住整体，传达出景物的气势和风神来。就在这写意似的两笔之中，诗人的襟怀、情趣，已如盘马弯弓，呼之欲出了！

登楼远眺，气象万千。面对如此胜景，观赏者足以踌躇满志、一涤万虑了。但诗人激荡的情思却如后浪推前浪，"更行更远还生"。这万类竞逐的世界既有无穷魅力，如何能使它尽入吾彀中呢？正是这种热望，逼出诗的后两句："欲穷千里目，更上一层楼。"

前面所写，已是登上楼顶所见；视野达到天边地尽头，当然也就是"千里目"了；但诗人意犹未尽，还要"穷"其目而"登"其楼。鹳雀楼虽有三层之高，毕竟是有限的；"欲穷"二句，自然是悬想之词。欲者，怀有热望而暂不可得也。但其可贵处，正在这不可得而必欲得的执著追求上。诗人不以眼前所见为满足，还要登上楼外之楼，去见天外之天，在这里，诗人不动声色地把我们从一个开阔的自然环境，一下子引入到一个高远的感情境界。

面对眼前美景，叹为观止，流连忘返，这是一般人所能做到的。诗人却不如此，他不愿做一个现成的观赏者，而要做一个创造者，创造条件去追寻和领略一个更理想的世界。他已经攀登到高处，却还要不停地往上攀。这是由对生活的无限热爱生发出来的无尽追求。在这里，我们仿佛看到了诗人把全身心投入生活、永远进取的踔厉风姿！

登高而见者远，这似乎是多么平凡的日常经验，可是经过诗人的艺术处理，它却和人生的感受联系起来，升华为一种崇高的生活理想。人生的意义就在于不断地攀登，浅尝辄止者是难以领略壮美的生活的。有所待才能有所为，有所追求才能有日臻至美的理想之境。如果说，大自然中运动着的万物尚能自强不息，那么作为"万物

5

之灵"的人，又如何能甘心于在生活的沙滩上搁浅、止步不前呢？

一首小小的写景诗，竟能深入到这一层人生的底蕴中去，鼓舞人们的生活意志，给人以情味隽永的深长启示，我们就可以了解它青春长驻的奥秘所在了。

这首诗前后四句，构成了一个完整、浑融的意境。磅礴飞动的景象，给哲理的概括赋予了俊逸的神采，如果没有前两句蕴积的深厚力量，后两句就会显得平淡或浮泛。而后两句又在人所不料处翻出新意，陡起高潮，从而深化了主题，使诗的境界"更上一层楼"。四句之中，两两作对，但诗人用笔灵活，前二句用正对，后二句改用两句一意的流水对，显得气脉贯注而摇曳生姿，毫无呆滞之感。沈德潜评此诗说："四语皆对，读去不嫌其排，骨高故也。"(《唐诗别裁》)这是很中肯的。

宋代的沈括，曾从唐人题咏鹳雀楼的众多诗篇中，拈出三篇最佳的作品。除王之涣的这篇外，另两篇分别为畅当、李益所作。这三首堪称杰作，但如果把它们稍加比较，仍不难看出高下之分。畅当的诗与王诗同题，也是五绝，诗云："迥临飞鸟上，高出世尘间（一作"高谢世人间"）。天势围平野，河流入断山。"诗的气魄不可谓不大，然而通篇写景，缺乏王诗那种深邃的意境。李益的《同崔邠登鹳雀楼》是一首七律："鹳雀楼西百尺樯，汀洲云树共茫茫。汉家箫鼓空流水，魏国山河半夕阳。事去千年犹恨速，愁来一日即为长。风烟并起思归望，远目非春亦自伤。"这首诗在写景之中，寄寓了吊古伤时的感慨，立意不可谓不深，但和王诗相比，一低沉牢落，一昂扬奋发，两者的风华神采仍是可分轩轾的。之所以

鹳雀楼上的王之涣赋诗图

出现这种差别，除了作家本人的因素以外，也还有时代的原因。

王之涣生活在唐王朝的上升期，当时唐帝国经济繁荣，国力强盛，社会安定。人们对生活充满着信心，充满着理想，因而具有一种积极乐观、努力进取的精神。这样一种精神必然反映到当时的诗歌创作中，于是诗坛上一时出现了不少生机蓬勃、气势恢弘、格调明朗的作品。王之涣的《登鹳雀楼》即是其中之一。有人说，阅读这首诗，可以触及到那蒸蒸日上的时代跳动的脉搏，这是非常有道理的。

昔人说："山不在高，有仙则名；水不在深，有龙则灵。"我们不妨套用一句，诗的价值不在篇制大小，而在有无感发人心的力量。鹳雀楼今天早已成为遗迹，但历史的风尘却未能掩没这首诗的光辉。道理很简单：因为它所揭示的人生真谛，是超越了时间和空间的限制的，是生命永存、光景常新的。

愤激的呼喊

——陈子昂《登幽州台歌》 袁行霈

前不见古人，后不见来者。

念天地之悠悠，独怆然而涕下。

凡读过这首诗的人都觉得它好，但好在哪里却难说清楚。当我执笔写这篇文章之前，也曾踌躇了许久。一般用来分析诗词的招数，如情景交融、比喻拟人之类，对这首诗全用不上。它的语言是那么枯槁，它的构思是那么平直，它的表现手法又是那么简单。感情喷涌着，使陈子昂顾不上雕琢和修饰，两句五言，两句骚体，就那么直截了当地喊了出来，却成为千古之绝唱。其中的奥妙究竟何在呢？

还是从我读这首诗的感受说起吧。欣赏以感受为基础，没有真切的感受就没有艺术的欣赏。因此，从自己的感受出发，进而探索作者的用心，不失为艺术欣赏的一条途径。每当我读这首诗的时候，眼前总仿佛有一位诗人的形象，他像一座石雕，孤零零地矗立在幽州台上。那气概，那神情，有点像屈原，又有点像李白。风雅中透出几分豪情，愤激中渗出一丝悲哀。他的眼睛深沉而又怅惘，正凝视着无尽的远方。他为自己的不幸而苦恼着，也为一个带有哲理意味的问题而困惑着。这，就是陈子昂。于是，在我耳边响起了他的喊声："前不见古人，后不见来者……"

这首诗塑造了一位具有悲剧性格的抒情主人公形象，他的不平，他的忧愤，他心底的波澜，是那么鲜明地呈现在读者眼前。

陈子昂是在统一的唐帝国建立以后成长起来的一个知识分子，他胸怀大志，才情四溢，梦想施展自己的政治抱负。二十四岁中进士，擢为麟台正字。此后屡次上书指论时政，提出许多颇有见识的主张，但因"言多直切"而不见用，一度还因"逆党"牵连被捕入狱。公元696年，契丹攻陷营州，武攸宜出讨，陈子昂以参谋随军出征。第二年军次渔阳，前锋屡败，三军震慑。陈子昂挺身而出，直言急谏，并请求率领万人为前驱，武攸宜不允。他日又进谏，言甚切直，复遭拒绝，并被降为军曹。陈子昂报国无门，满腔悲愤，一天登上蓟丘（即幽州台）。这附近有许多燕国的古迹，它们唤起诗人对燕国历史的回忆，特别是燕昭王礼贤下士的故事深深地触动了他的心，于是他作了《蓟丘览古七首》。接着又"泫然涕下"，唱了这首《登幽州台歌》。在这首歌里，诗人说：古代那些明君贤士

陈子昂像

11

早已逝去，只留下一些历史的陈迹和佳话，供人凭吊追忆，再也见不到他们了。即使今后再有那样的英豪出现，自己也赶不上和他们见面（当今这般碌碌之辈，如同尘芥一样，还值得一提吗）。从战国以来，天地依旧是原来的天地，它们的生命多么悠久！相比之下，人的一生却是太短暂了！自己的雄心壮志来不及实现，自己的雄才大略来不及施展，就将匆匆地离开人世。想到这里，怎能不怆然涕下呢？诗人的孤独和悲怆，是那个压抑人才的封建社会造成的。他的这首浸透着泪水的诗就是对那黑暗社会的控诉。

　　然而，这首诗还有更普遍的意义和更大的启发性。"古人"和"来者"，不一定只限于指燕昭王和乐毅那样的明君贤臣，也可以在一般的意义上理解为"前人"和"后人"。"前不见古人，后不见来者"，这是一声人生短暂的感喟。诗人纵观古往今来，放眼于历史的长河，不能不感到人生的短促。天地悠悠，人生匆匆，短短的几十年真如白驹之过隙，转瞬之间就消失了。这种感喟，既可以引出及时行乐的颓废思想，也可以引发加倍努力奋斗的志气。

自古以来，有多少仁人志士并不因感到人生短暂而消沉颓唐，反而更加振作精神，使自己有限的一生取得接近无限的意义。正因为陈子昂抱着这种积极态度，所以他才"怆然涕下"。也正因为在悲怆的深层，蕴蓄着一股积极奋发、欲有所作为的豪气，所以才能引起我们的共鸣。

《登幽州台歌》在艺术上也并不是没有什么可讲的。诗之取胜，途径非一。有以词藻胜的，有以神韵胜的，有以意境胜的，有以气势胜的……取胜之途不同，欣赏的角度也就不一样。这首诗纯以气势取胜，诗里有一股郁勃回荡之气，这股气挟着深沉的人生感慨和博大的历史情怀，以不可阻遏之势喷放出来，震撼着读者的心灵。我们如能反复涵泳、反复吟诵，自然能感受到它的磅礴气势，得到艺术的享受。

陈子昂曾称赞他的朋友东方虬所写的《咏孤桐篇》，说它"骨气端翔，音情顿挫，光英朗练，有金石声"（《修竹篇序》）。用这几句话评论陈子昂的《登幽州台歌》也正合适。陈子昂和初唐四杰都不满意梁陈以来流行的宫体诗，都试图开创新的诗风。四杰的方法是改造它，试

成都浣花溪公园的陈子昂雕像

着从宫体里蜕变出一种新的诗歌。陈子昂则是根本抛弃了它，直接继承建安风骨的传统。所以他写诗不肯堆积词藻，也不大讲究对偶和声律，而是追求一种慷慨悲凉、刚健有力的风格。这首《登幽州台歌》就是体现了陈子昂诗歌主张的成功之作。像这种诗在初唐是十分难得的，它代表着诗歌创作的新方向，标志着自梁陈以来宫体诗的统治已经结束，盛唐时代诗歌创作的高潮即将来临了。文学史家之所以重视这首诗，原因就在这里。

　　幽州台就在今天的北京附近。现在还有没有什么遗迹可以发掘呢？这有待考古学家回答。如能在那确切的地址上，立一块刻有《登幽州台歌》的碑石，供"来者"凭吊，也许不是一件多余的事吧？我想。

空际传神画月光

——王维《白石滩》

陶文鹏

清浅白石滩，绿蒲向堪把。

家住水东西，浣纱明月下。

如果你聆听过舒曼的名曲《月夜》，你一定会惊叹：这位天才的德国音乐家，仅用一个朴素而温柔的3/8拍乐句，在变化的钢琴集体伴奏下，反复呈示，便奏出一阕充满神秘的宁静的月光曲。如果你诵读王维的五言绝句组诗《辋川集》中的这首《白石滩》，你也一定会情不自禁地惊叹：这位身兼画家和音乐家的唐代杰出诗人，竟能以如此单纯自然的文字，画出满纸皎洁明媚的月光，画出一幅素雅柔美的少女月下浣纱图。

白石滩是王维晚年隐居处辋川别业（在今陕西蓝田县）附近的一个风景点，即辋水边一片白石浅滩。王维在这首小诗中独具匠心地选择春天月夜这个特定的时空背景，来突出表现白石滩明净、静谧、迷人的美。前二句，诗人用极简洁的文字，白描出这片铺满晶莹白石的浅滩，绘出滩上清澈透明的流水，以及水中将可盈握的青嫩蒲草；同时，诗人也就"不着一字"地画出了皎洁的月光。因为夜色之中，只有在明月照射下，才能清晰地见到水之"清"、滩之"浅"、水底石之"白"和水中蒲草之"绿"。诗人借清水、浅滩、白石、绿蒲，把月色的明亮烘托出来，毫不着力，真是写月光的高度传神之笔。

以传神之笔写月光，当然不自王维始。初唐诗人张若虚那首脍炙人口的《春江花月夜》中，有"空里流霜不觉飞，汀上白沙看不见"一联，说月光像空中飞霜一样流动，洒在白沙上看也看不见。诗人以"飞霜"作比喻，再用"白沙"映衬，表现出月色的空明迷幻，可谓精妙传神。但同王维诗相比较，王维纯用烘托，不着迹象，达到"空际传神"的化境，张若虚则有描绘、形容的痕迹。到了宋代，大诗人苏轼写月光又有新的创造。他的随笔小品妙文《记承天寺夜游》中，有"庭下如积水空明，水中藻荇交横，盖竹柏影也"三句。这空明的"积水"和水中交横的"藻荇"都不是实景，而是作者的错觉，是作者借以隐喻庭院中的皎洁月光和月下竹柏倒影的虚幻之象。苏轼写月，使人感到扑朔迷离，水月莫辨，奇幻胜于王维；但王维写月，仍以单纯、简洁、醇美见长。

让我们再回到王维的《白石滩》上来。在诗的后二句，诗人把一群少女邀到了白石滩上。她们有的家住水东，有的家住水西，都趁着明月来到滩边漂洗轻纱。上句同样毫不费力，就描绘出了流水环抱中的附近乡村人家，下句终于点出了"明月"二字。只写"浣纱"，不须点出"少女"，真是惜墨如金。正是这皎洁的明月，才把这些少女吸引出来。诗人从人物的活动中再写明月一笔，又诱人想象那一匹匹轻纱在清水中飘动，宛如乳白色的月光在浅滩上流泻。这里写月，有实写，有虚写，虚实结合。而"向堪把"的"绿蒲"，又与浣纱少女相映成趣，为春夜增添了无限春意。由于这群浣纱少女的出现，幽静明媚的白石滩月夜，顿时沁透了热情活泼的青春气息，也洋溢着温馨甜美的乡村生活情趣，整幅画面都活了起来。此情此境，与诗人在《山居秋暝》中的"明月松间照，清泉石上流。竹喧归浣女，莲动下渔舟"相似。

今人富寿荪先生评此诗："写白石滩浣纱女子，点缀以绿蒲明月，素雅绝尘。"（《千首唐人绝句》，上海古籍出版社，1985，116 页）评得精切。应当指出，这一支优美迷人的月光曲，这一幅素雅绝尘的少女月下浣纱图，既是景中人与人中景的融合，又是经过诗人高度提纯和净化的自然美与生活美融合成的人间纯美天地，寄寓着诗人的高洁情怀和对人生理想境界的追求。诗虽短小，却饱含着深邃意蕴。诗人运用语言的高度启示性，特别是写月光的空灵、超妙颇为传神，很值得今天的读者认真学习、借鉴。

王维和他入选启蒙篇目的四绝句

蔡义江

王维有四首绝句入选小学背诵篇目（《小学古诗词背诵推荐篇目精解》，中华书局出版）：两首五绝，《鹿柴》《竹里馆》；两首七绝，《送元二使安西》《九月九日忆山东兄弟》。都是名作，值得说一说。当然，说诗之前，也还得说说人。

我国历来有不少文学艺术方面的伟大天才，但一个人同时在几方面都有突出成就的多面手并不太多：王维是一个，苏轼是一个，还有曹雪芹也应该是一个。王维在诗与画上，都是绝顶高手、一代宗师式的人物；音乐与书法，也是精而又精，有书可查。先说诗，旧时称李白、杜甫、王维为唐三大诗人，所谓"诗仙""诗圣"和"诗佛"。又有"天下右丞诗"（王维官至尚书右丞，世称王右丞）之语。《红楼梦》写香菱学诗，拜黛玉为师，黛玉要求她精读熟读的，也是这三大诗人集子中的诗。近半个世纪来，因论诗注重社会思想内容，白居易揭露政治腐败、反映民生疾苦的《新乐府》《秦中吟》等作品备受推崇，加之其长篇歌行《长恨歌》《琵琶行》本就脍炙人口，遂取代了王维在唐代三大诗人中的地位。论画，王维名声更大于诗，他与北宗画派的李思训父子喜用金碧著色不同，首创皴、渲染等写意画法，善画泼墨山水、松石，成为文人画之始、南宗画派之祖。所绘《辋川图》山谷郁盘，云水飞动，竹木潇洒，尤为著名。董其昌称其"云峰石迹，迥出天机；笔思纵横，参乎造化"。苏轼也有"诗中有画""画中有诗"的赞语。音乐造诣，从两则记事可见：一，王维年未弱冠时，因精熟音律，妙能琵琶，为岐王所眷重，引其见公主，令其奉奏自制新曲《郁轮袍》，"声调哀切，满坐动容"，由是得公主青睐，力荐其应举，遂一举登第。二，有人绘《奏乐图》，王维熟视而笑，人问其故，答道："此是《霓裳羽衣曲》第三叠第一拍。"好事者集乐工验之，无一差谬。事虽似小说家言，然其精于音律是无疑的。至于王维工书法，在新、旧《唐书》本传中均提到，不赘。

此外，王维的文也极佳，读其《山中与裴迪书》，如"夜登华子冈，辋水沦涟，与月上下；寒山远火，明灭林外；深巷寒犬，吠声如豹；村墟夜春，复与疏钟相间。……当待春中，草木蔓发，春山可望；轻鲦出水，白鸥矫翼；露湿青皋，麦陇朝雊。斯之不远，倘能从我游乎？"清景丽词，"使人有飘然独往之兴"（《文献通考·经籍考五十八》）。

王维是个很重感情的人，亲情、友情都极深挚。新、旧《唐书》本传说他事母"以孝闻"，"母丧，毁几不生"，"居母丧，柴毁骨立，殆不胜丧"。夫妻情笃，"妻亡，不再娶，三十年孤居一室，屏绝尘累"。兄弟五人，王维居长，"闺门友悌"，手足情深。王维之重友情，诗中随处可见，即如《哭孟浩然》《哭殷遥》诗，皆语似寻常而意极真切，字字句句，直如肺腑间流出。

王维的家人多信佛，他的生活志趣也深受佛教意识的濡染，加之丧亲失友的精神打击，政治上遭受生关死劫的磨难（如安史之乱中，遭贼拘禁，被胁迫署伪职），所以更促使他通过皈依佛门去寻求精神解脱，正如其诗中所言："一生几许伤心事，不向空门何处销？"（《叹白发》）所以他"居常蔬食，不茹荤血，晚年长斋，不衣文彩"，"斋中无所有，唯茶铛、药臼、经案、绳床而已。退朝之后，焚香独坐，以禅诵为事"（《旧唐书》本传）。这种不慕荣华、不问世事、远离尘嚣的避世态度，在他的创作中也留下了明显的痕迹。

回过头来再说诗。王维诗的艺术成就是较全面的。古风、歌行、律诗、绝句都不乏名篇佳作。题材、风格也多样，边塞与田园、雄奇与闲逸都有。总体上说，早年多壮志豪情、带浓厚浪漫情调之作，晚岁志在山林，归于恬静闲远，成为盛唐田园诗派的代表。其五言律诗为后来作诗者之楷模，如"明月松间照，清泉石上流"（《山居秋暝》)、"江流天地外，山色有无中"(《汉江临眺》)、"大漠孤烟直，长河落日圆"(《使至塞上》)、"日落江湖白，潮来天地青"(《送邢桂州》)等等名句，尤为后世说诗者津津乐道。

绝句通常都归入近体诗，然而就格律论，实又可分为古绝和律绝。五绝多古绝，故人谓"五绝乃五古之短章"(《唐贤三昧集笺注》)，七绝则基本上都属律绝。因为四句的五言诗，唐以前就有，如南北朝乐府《子夜歌》等，原不讲究平仄协调，也不规定非用平声字押韵不可，唐人作五绝往往沿袭之。又五绝仅二十字，句短字少，不易从容展开，非韵高格古者难以措手，所以五绝写得出色的诗人并不多，而王维的五绝却极有特色，纵观诗坛，罕有其匹。代表作是他的《辋川集》组诗。辋川，在陕西蓝田县西南二十里，本初唐诗人宋之问别圃，地处山谷中，辋川之水周于舍下，景物深幽，后为王维别业。王维闲暇时，常与道友诗侣裴迪遨游吟咏其间，所赋诗皆五绝，且以其小地名为题，如孟城坳、华子冈、鹿柴、竹里馆……共二十处二十首；裴迪也都一一有同咏，合称《辋川集》。纪晓岚批苏诗中云:"五绝分章模山范水,如画家有尺幅小景,其格创自辋川。"可谓道出了包括《鹿柴》《竹里馆》在内的《辋川集》组诗的特点。下面看《鹿柴》:

> 空山不见人,但闻人语响。
> 返景入深林,复照青苔上。

　　地称"鹿柴"("柴"同"寨"),自然为麋鹿经常出没处,总是山间林木幽深而静寂的地方。诗所写正是。不见人而闻人语,想见其地古木森森,重重遮掩,四围岑寂,空谷传音。事固常事,理本常理,语亦常语,然能敏锐地捕捉住刹时感受,将它准确表达出来,从而引人仿佛身临其境,此王维高明处,亦诗中上乘之作所必有的特征。"响","声响"之"响",义同"声",不是"响亮"的意思。前人有"鸟鸣山更幽"诗句,此以人语声反衬出空山之寂静深幽,其理一也;却多一层由推究原因而引出的对环境的想象(树木幽深),此是不写之写,亦诗意之所在。

深林中柯叶浓密，荫翳覆盖，日光不及，滋生苔藓。唯晨曦夕照得以自枝干空隙间斜射而入。苔色青翠，夕阳橙朱，深碧浅红，相映成彩。如此绝妙奇景，唯明眼慧心人能得而写出，王维"诗中有画"，此之谓也。"景"，同"影"，读音亦同，日光也。"返景"，即夕阳。"复"，又；说明早晨的阳光曾有片刻透入，此向晚时分，又再次照见。见景而惊喜的心情，已在言外。

诗的后两句，诉诸视觉，可用绘画作比；前两句则只凭听觉感受，已非画之所能，两相配合，都为写出幽深之景。可知诗的落笔与散文不同，但能紧紧扣住其地最显著之特征，毋须旁及其他。重要的是能写出自己的发现、感受和创造意境。

再看《竹里馆》：

独坐幽篁里，弹琴复长啸。

深林人不知，明月来相照。

上一首《鹿柴》虽离不开诗人的闻见感受，但毕竟不为表现诗人自己，自己在诗中并不占据主导地位。此诗则不同，诗人自己的地位、作用提升了，他是通过抒写自己的行止、志趣来表现竹里馆客观环境的。不过，主客观已交融在一起，得到和谐的统一。

诗写自己在竹里馆自得其乐的情景。首句便交待清所在地的环境特点——四周是大片幽深的竹林。本文开头提到的那本《篇目精解》中，对此诗配有插图，画的是诗人在几丛竹子边席地弹琴。这有点不对，王维不该是坐在竹丛中的空地上弹琴。虽然，诗只写"独坐幽篁里"，并没有说他坐处有小轩、亭子或别的什么。但我们不应忽略题目"竹里馆"。顾名思义，竹里馆是建在竹林之中小筑的名称。所以它与李白《月下独酌》诗"花间一壶酒，独酌无相亲"可让我们设想为诗人席地饮酒不同，王维应是在竹里馆内独坐弹琴。

诗意分两层，每层前后都有抑扬起伏，或者说都形成一种出人意料的反差。第一层前一句说"独坐幽篁里"，有意给人以特别冷清的感觉，仿佛由此要发出寂寞凄苦的嗟叹来。可后一句接着说"弹琴复长啸"，不但丝毫没有悲愁之意，相反的却心境欢快、情绪很高。琴音啸声，随伴风篁成韵，更显出境界的幽静来。第二层前句"深林人不知"，同样可说环境是孤寂无伴的，是抑。"深林"，亦即"幽篁"，词虽变换而所指实同。这一表面的顿挫，又更托出末句高扬的真意：我之志趣，亦如独坐深林之中，人所不知，可谁又能说我是孤独的呢？我自有皎浩的"明月来相照"作伴，这不很好吗？月下鸣琴的静景之美，完全与诗人恬淡脱俗的性情、气质融合成一体了。

然而，又有人评此诗云："毋乃有傲意。"（宋顾乐评《万首唐人绝句选评》）这话对不对呢？我以为评语还是颇有见地的。细细玩味此诗，王维的这种悠然自得的心态，确实大有孤芳自赏的成分，也许就可称之为傲世态度。从这一角度看，我们又觉得诗中的"独坐""人不知"云云，又都包含着隐居山林者对其所厌弃的当时现实社会要尽量保持距离的那种清高和自尊。

两首诗都是古绝。从几点可以看出：一，两首都用仄声字押韵，《鹿柴》用上声（响、上）；《竹里馆》用去声（啸、照），近体则多用平声韵。二，既押仄声韵，不押韵句仍用仄声结句,如《竹里馆》首句末了的"里"字,近体无此例。三,句子之间平仄不对,如《鹿柴》一二句中二、四字都是平、仄;三四句中二、四字都是仄、平。王维本精通声律,擅长近体,写成此类古体句式声调,乃诗人有意为之。

如果说王维的五绝"如画家有尺幅小景",多用来描写景物,那么,他的七绝就多用来抒情,下面两首就是一首抒友情、一首抒亲情的,都写得情深意长,充分发挥了七绝之所长。先看《送元二使安西》:

> 渭城朝雨浥轻尘,客舍青青柳色新。
>
> 劝君更尽一杯酒,西出阳关无故人。

这首后来又名《渭城曲》的送别诗,在唐人无数送别诗中,诗家或推为"第一",或赞为"绝唱",决非偶然。它确是一首极其难得的能传诵千古的佳作,我们正应细心地来剖析它是怎么写出来的。

长篇歌行如果可拿电影来作比喻的话,绝句差不多只相当于一张照片。因为绝句篇幅短小，不可能从容地描述事情的全部、全过程，只能选取其中某一片刻或局部来写；这好比摄影师要照运动员跳高，总是选取他正跃过横杆的一刹那姿势摄入镜头。王维写的是某一早晨在渭城一家旅店中为奉命出使安西（今新疆库车一带）的朋友元二（姓元，在其家族同辈兄弟中他的大排行是老二）饯别的情景。至于如何开宴、如何彼此敬酒、如何席上倾谈等等，一概撇过不写，只选择了筵席上酒阑将散的那一刻。大概元二放下酒杯说："我已经喝得差不多了，不喝了，再说，等一会儿还要准备上路呢。"总是诸如此类的话，但就连这样的情节也都省掉了，留下的只有王维的两句难舍友情的话："劝君更尽一杯酒，西出阳关无故人。"——这就是绝句对应写内容的最佳选择。

这两句诗之好，在于：一，点出双方是"故人"关系，又表达了惜别感情，正合送别主题需要；二，末句尤扣住对方远去绝域的题意；三，不作深语而别情真切，这是最重要的。倘说"望一路多多保重"，那只是客套；若道"盼有来信，以慰思念"，那也只说自己。如今却全为对方此去处境着想，非深于友情者不能如此体贴，不知朴实的真话才最动人，最善歌善咏者也写不出。

有一年，我去敦煌，想就近去看看在它西南的阳关。当地人都劝我别去，说是"没有看头，很荒凉，什么也没有"。我还是坚持去了。的确，阳关早已埋没于沙土之下，在一片荒漠的沙海中，能见到的只有一座古代烽火台的废墟。但我觉得还是值得，至少我对"西出阳关无故人"的诗句仿佛加深了感受。沈德潜《唐诗别裁》云："阳关在中国外，安西更在阳关外。言阳关已无故人矣，况安西乎？"

现在回过头来说诗的一二句，它虽然是为了点明送别的地点、时间、环境和营造气氛的，在诗中只起配角作用，但同样是写得极其出色的。渭城，在今陕西西安西北，即唐之京城长安边上。这也就是说，元二出发地是索陌红尘的繁华之都，与将去的僻远边陲形成了一种对比。朝雨湿路，气氛清凉，侧面烘托当时的心情。客舍，是暂驻之所，暗示相聚只为饯别。时值春天，柳色依依，景物与自己对老友的一片温柔感情相协调；又令人联想到"昔我往矣，杨柳依依"（《诗经·小雅·采薇》）的古老诗句，青青柳条之摇曳轻拂，亦仿佛人之惜别留恋。故前人取"柳"与"留"谐音，有折长条以赠别的习俗。在将分手的客舍前，见此景象，更令人怅触无限。这样，再接后两句对故人依恋同情的话，就使整首诗都情景交融、意味悠长了。

此诗在当时便被人谱上曲子，很快就传唱开了，称《阳关三叠》。有人说是因为诗在唱时，除首句外，要重复唱三次，故谓。又有传说后来王维"偶于路旁，闻人唱诗，为之落泪"（徐增《而庵说唐诗》）。

此诗就格律而言，是"失粘"的。即第三句中二、四、六字本应与第二句中二、四、六字字声相同，也用"仄平仄"的；现在用的是相反的"平仄平"。但唐人七绝中本也有此类，不足为病。何况，做诗本应"不以词害意"，只要意趣真了，格调规矩毕竟都是末事。苏轼还特地按此诗字声，像依声填词那样写过《阳关词三首》，其中小标题为《中秋月》的一首还相当有名，诗云："暮云收尽溢清寒，银汉无声转玉盘。此生此夜不长好，明月明年何处看？"

若与王维此诗字声对照，可谓"毫发不爽"。

再看《九月九日忆山东兄弟》：

> 独在异乡为异客，每逢佳节倍思亲。
>
> 遥知兄弟登高处，遍插茱萸少一人。

此诗题下本有原注云："时年十七。"可知是王维青少年时代的作品。我们可以从中看出，作者早熟的诗歌天才已经显露出来了。诗写九月九日重阳节对家乡兄弟们的怀念。题中的"山东"，不是今天的山东省，而是指华山以东、作者的故乡蒲州（今山西永济县）。王维的兄弟姊妹很多，彼此友悌相爱。在兄弟五人中他是老大，为维持一家人的生活，王维很早就离开家乡外出谋生了。虽如此，他对家乡亲人仍时时思念，有着很深挚的感情。

诗的前两句是正面叙述，写自己的处境，用意周密：一是"在异乡"，远离故乡亲人；二是"为异客"，周围环境都很陌生；三是一身"独"处，别无俦侣；四是适"逢佳节"，更触动思绪。这样，再说出"倍思亲"来，就顺理成章了。清刘宏煦、李举选评《唐诗真趣编》云："起二语拙，直是童年之作。"我倒看不出这两句诗有什么地方是"拙"的，稚气或许有一点，那就是叙自己处境，特率直天真，既不雕琢，也无夸饰，情自蔼然忠厚。这不是缺点，恰恰是此诗的一大长处，它是全凭真情至意来打动人的。

后两句根据往年在家乡过重阳节习俗的回忆，转入到写想象中此日兄弟们过节的情景：大概他们依旧会携手登高，并且每个人都插着茱萸的吧！可是也就在那样兴高采烈的时候，他们会发现今年少了一个人，那就是他们的大哥哥王维啊！于是大家一齐回想起往年重阳节哥哥在时的欢乐情景而深深地怀念起他来了。茱萸是一种芳香植物，据说至重阳日最气烈色赤，折其房穗插头上，可以去邪辟恶。故古代重阳风俗，除登高、饮菊花酒外，还插茱萸。

本是自己在"佳节倍思亲"，却从亲人思念自己写出，是深一层写法。深于情者，在沉湎于思念之中时，往往心神已向彼方驰去，因而诗境也就从对面飞来了。说诗者说此诗，常喜欢提到《诗经·魏风·陟岵》篇，就是因为写法相似。那首诗的首章是这样写的：“陟彼岵（有草木的山）兮，瞻望父兮。父曰：‘嗟（唉）！予子行役，夙夜无已。上（尚）慎（保重）旃（之）哉！犹来无止（盼能回家，别永留他乡）！’”后二章仿此，是“瞻望”其母和兄的，也都是从想象对方惦念自己行役辛苦、希望自己保重、能回家的话来写的。杜甫有《月夜》诗，写自己被陷长安时，对月怀念在鄜州的家人，诗便是从“今夜鄜州月，闺中只独看”想象妻子处境落笔的。白居易作《至夜思亲》诗说：“想得家中夜深坐，还应说着远游人。”都属同一机杼。

绝句，无论五绝、七绝，都是一种成如容易却难出珍品的体裁。它关乎人的性情、气质、素养和才思，最能考验一个作者是否真称得上是诗人。我们正不可因其形式短小或语言浅显而小视之。

李白《月下独酌》

袁行霈

花间一壶酒，独酌无相亲。

举杯邀明月，对影成三人。

月既不解饮，影徒随我身。

暂伴月将影，行乐须及春。

我歌月徘徊，我舞影零乱。

醒时同交欢，醉后各分散。

永结无情游，相期邈云汉。

这首诗突出写一个"独"字。李白有抱负，

有才能，想做一番事业，但是既得不到统治者的赏识和支持，也找不到多少知音和朋友。所以他常常陷入孤独的包围之中，感到苦闷、彷徨。从他的诗里，我们可以听到一个孤独的灵魂的呼喊，这喊声里有对那个不合理的社会的抗议，也有对自由与解放的渴望，那股不可遏制的力量真是足以"惊风雨"而"泣鬼神"的。

开头两句"花间一壶酒，独酌无相亲"，已点出"独"字。爱喝酒的人一般是不喜欢独自一个人喝闷酒的，他们愿意有一二知己边聊边饮，把心里积郁已久的话倾诉出来。尤其是当美景良辰，月下花间，更希望有亲近的伴侣和自己一起分享风景的优美和酒味的醇香。李白写这首诗的时候正是这种

宋·梁楷《太白行吟图》

心情，但是他有酒无亲，一肚子话没处可说，只好"举杯邀明月，对影成三人"，邀请明月和自己的身影来作伴了。这两句是从陶渊明的《杂诗》中化出来的，陶诗说："欲言无予和，挥杯劝孤影。"不过那只是"两人"，李白多邀了一个明月，所以是"对影成三人"了。

然而，明月是不会喝酒的，影子也只会默默地跟随着自己而已。"月既不解饮，影徒随我身"，结果还只能是自己一个人独酌。但是有这样两个伴侣究竟是好的，"暂伴月将影，行乐须及春"，暂且在月和影的伴随下，及时地行乐吧！下面接着写歌舞行乐的情形："我歌月徘徊，我舞影零乱。醒时同交欢，醉后各分散。""月徘徊"，是说月被我的歌声感动了，总在我身边徘徊着不肯离去。"影零乱"，是说影也在随着自己的身体做出各种不很规矩的舞姿。这时，诗人和他们已达到感情交融的地步了。所以接下来说："醒时同交欢，醉后各分散。"趁醒着的时候三人结交成好朋友，醉后不免要各自分散了。但李白是不舍得和他们分散的，最后两句说："永结无情游，相期邈云汉。""无情"是不沾染世情的意思，"无情游"是超出于一般世俗关系的交游。李白认为这种摆脱了利害关系的交往，才是最纯洁最真诚的。他在人间找不到这种友谊，便只好和月亮、影子相约，希望同他们永远结下无情之游，并在高高的天上相会。"云汉"，就是银河，这里泛指远离尘世的天界。这两句诗虽然表现了出世思想，但李白的这种思想并不完全是消极的，就其对社会上人与人之间庸俗关系的厌恶与否定而言，应当说是含有深刻的积极意义的。

这首诗虽然说"对影成三人"，主要还是寄情于明月。李白从小就喜欢明月，《古朗月行》说："小时不识月，呼作白玉盘。又疑瑶台镜，飞在青云端。"在幼小的李白的心灵里，明月已经是光明皎洁的象征了。他常常借明月寄托自己的理想，热切地追求她。《把酒问月》一开头就说："青天有月来几时，我今停杯一问之。人攀明月不可得，月行却与人相随。"在《宣州谢朓楼饯别校书叔云》这首诗里也说："俱怀逸兴壮思飞，欲上青天揽明月。"他想攀明月，又想揽明月，都表现了他对于光明的向往。正因为他厌恶社会的黑暗与污浊，追求光明与纯洁，所以才对明月寄托了那么深厚的感情，以致连他的死也有传说，说他是醉后入水中捉月而死的。明月又常常使李白回忆起他的故乡。青年时代李白在四川时曾游历过峨眉山，峨眉山月给他留下了深刻的印象。他写过一首《峨眉山月歌》，其中"峨眉山月半轮秋，影入平羌江水流"，很为人所传诵。他晚年在武昌又写过一首《峨眉山月歌》，是为一位四川和尚到长安去而写了送行的。诗里说他在三峡时看到明月就想起峨眉，峨眉山月万里相随，陪伴他来到黄鹤楼；如今又遇到你这峨眉来的客人，那轮峨眉山月一定会送你到长安的；最后他希望这位蜀僧"一振高名满帝都，归时还弄峨眉月"。明月是如此引起李白的乡情，所以在那首著名的《静夜思》中，才会说"举

宋·马远《对月图》

头望明月，低头思故乡"，一看到明月就想起峨眉，想起家乡四川来了。明月，对于李白又是一个亲密的朋友。《梦游天姥吟留别》里说："我欲因之梦吴越，一夜飞度镜湖月。湖月照我影，送我至剡溪。"在另一首题目叫《下终南山过斛斯山人宿置酒》的诗里，他又说："暮从碧山下，山月随人归。"简直是以儿童的天真在看月的。更有意思的是，当他听到王昌龄左迁龙标的消息后，写了一首诗寄给王昌龄，诗里说："我寄愁心与明月，随君直到夜郎西。"在李白的想象里，明月可以带着他的愁心，跟随王昌龄一直走到边远的地方。

当我们知道了明月对李白有这样多的意义后，也就容易理解为什么在《月下独酌》这首诗里，李白对明月寄予那样深厚的情谊。"举杯邀明月，对影成三人"，"永结无情游，相期邈云汉"，李白从小就与之结为伴侣的、象征着光明纯洁、常常使李白思念起故乡的月亮，是值得李白对她一往情深的。孤高、桀傲而又天真的伟大诗人李白，也完全配得上做明月的朋友。

古典诗歌的新鲜感

——李白《蜀道难》和袁枚《游栖霞寺望桂林诸山》

倪其心

清代赵翼的名篇《论诗之二》曰："李杜诗篇万口传，至今已觉不新鲜。江山代有才人出，各领风骚数百年。"认为古典诗歌，即使像唐代伟大诗人李白、杜甫的作品，虽然至今传诵不衰，但是读来已经觉得不新鲜了。在他看来，诗歌创作不断向前发展，人才辈出，新陈代谢，历代的代表诗人主导诗歌创作思潮是有一定时限的，大致数百年，并不永恒。显然，赵翼旨在号召当代杰出的诗人大胆创新，敢于超越前人的成就，创作出具有新鲜感的作品，领导创作思潮向前发展。然而这里要谈的是，李、杜诗篇初出时具有怎样的新鲜感？到清代为什么会觉得不新鲜呢？

赵翼所谓"不新鲜"，显然不指古近体诗歌格律与语言。宋、明以来，文人士子出于科举考试、官场应酬、文坛交际等需要，这套格律与语言都已滥熟，可谓"入芝兰之室，久而不闻其臭"，不辨新鲜与否。其次，他也不会指吟咏主题的开拓创新。清初虽然已有资本主义萌生，但大清帝国仍是封建统治，儒家思想仍居主导地位，文人士子的生活基本上仍束缚于出、处二途，仍与诗圣杜甫"奉儒守官"、诗仙李白"天上谪仙"两相适应，其歌咏主题依然在传统范围之内，诸如游子、思妇、游宦、旷怨；田园、山水、隐逸、游仙；咏怀、咏史、感遇、即事；从军、边塞、岁时、悯农；以及拟古、杂诗等等。清初吟咏赋诗，大抵不出这一套，难得新鲜。说穿了，诗是"正声""雅体"，论新求俗，则是词、曲、小令了。赵翼不会要求在格律、语言及吟咏主题上的"新鲜"的。

诗歌创作的新鲜感，其实与饮食品味的新鲜与否一样，并不要求烹调手艺及拼装技巧的翻新，而在于品尝其原料的生新活鲜，毫不陈腐，所以是指以诗歌形式创造出当代生活特征的艺术形象，而不是反映过去时代的。众所周知，封建社会制度尚未发生根本变革之前，它的社会生活变化是十分缓慢的，迹象细微，不易觉察。但是，封建制度也有自己的产生、发展、繁荣、衰落及解体过程，有一定的阶段。在各个阶段递进之际，相对地说，它的社会生活变化大些快些，迹象比较明显。所谓"各领风骚数百年"，是与封建制度发展阶段有关的。李白、杜甫的时代正是古代封建制度的鼎盛之际，也是大唐帝国的盛世顶峰。李白可谓走向顶峰的代表诗人，杜甫则处于从顶巅开始下坡，因而他们的作品反映社会生活变化是敏锐的，现实生活特征是明显的。而赵翼的时代，封建制度正处于衰落、走向解体之际。虽然大清帝国处于盛世，赵翼并未意识到封建制度的根本衰落，但是对李、杜诗篇所反映的盛唐社会生活特征的艺术形象，却已见惯，不再觉得新鲜了。试举一例：

噫吁嚱！危乎高哉！蜀道之难，难于上青天。蚕丛及鱼凫，开国何茫然！尔来四万八千岁，不与秦塞通人烟。西当太白有鸟道，可以横绝峨眉巅。地崩山摧壮士死，然后天梯石栈相钩连。上有六龙回日之高标，下有冲波逆折之回川。黄鹤之飞尚不得过，猿猱欲度愁攀援。青泥何盘盘！百步九折萦岩峦。扪参历井仰胁息，以手抚膺坐长叹。问君西游何时还，畏途巉岩不可攀。但见悲鸟号古木，雄飞雌从绕林间。又闻子规啼夜月，愁空山。蜀道之难，难于上青天！使人听此凋朱颜。连峰去天不盈尺，枯松倒挂倚绝壁。飞湍瀑流争喧豗，砯崖转石万壑雷。其险也如此，嗟尔远道之人胡为乎来哉？剑阁峥嵘而崔嵬，一夫当关，万夫莫开。所守或匪亲，化为狼与豺。朝避猛虎，夕避长蛇。磨牙吮血，杀人如麻。锦城虽云乐，不如早还家。蜀道之难，难于上青天，侧身西望长咨嗟。（李白《蜀道难》）

李白《蜀道难》脍炙人口，至今传诵不衰。说诗家对它的思想内容可以作种种政治寓意的比附，对它的艺术成就进行各自成说的独到鉴赏，然而在它初出现的当时，李白的同时代读者及论者是否觉得它新鲜？怎样的新鲜呢？据载，李白在唐玄宗天宝初年到京城长安，曾拿着《蜀道难》去见著名诗人贺知章，获得赞赏，称他为"天上谪仙人"。同时人殷璠编选《河岳英灵集》选入《蜀道难》，评曰："奇之又奇，自骚人以还，鲜有此体调。"可以想见，当时京城文坛也曾为此轰动，觉得十分独特新鲜。显然，论者并不以为它的乐府体裁新鲜，也不觉得它吟咏游子入蜀道路艰险的主题有什么新鲜，而是由于它的诗人形象与风格情调是前所未见或罕见的。所谓"谪仙"，是天上神仙贬谪到人间，在尘世是民，却又不同于凡夫俗子；所谓"体调"，是风格情调，作品中诗人形象的体现；而"骚人"，即谓《离骚》作者屈原，在《离骚》里是位上天下地、谒天帝、求美女而忠贞无悔的贬臣形象，也是从贵族大臣流放为民的超凡脱俗的人。"谪仙"与"骚人"之间的共同特点是，介乎天人之际、仙俗之间的人，

古蜀道遗址之一明月峡

超凡脱俗，洞察人情，而无所拘束，自由自在。这就是《蜀
道难》在盛唐时代引起轰动、觉得新鲜的原因。

　　《蜀道难》其实是游子诗，不过是以蜀道过来的游子，
奉劝入蜀谋求安乐的游子不要抱幻想，不必冒险入蜀，以
免进去出不来，回不了家乡。它确乎不同于以往的游子诗，
并非埋怨山高翻不过去，也不悲伤水阔没有渡船，而是说
蜀道可通，然而"蜀道之难难于上青天"，告诫后来游子
务须面对这些客观艰难。在诗人看来，蜀地闭塞，自古而

然;蜀道高险，辟自天堑;深山老林，情景可怖;关隘难通，禽兽凶猛……这一切都是天意的安排，大自然造化，可谓"万物兴歇皆自然"（《日出入行》），难以改变，无可避免。凡出入蜀中，都须通过蜀道，顺受这份天意，接受这一考验。其思想特点实为道家人生观，万物归于自然，超脱尘世俗缘，则蜀道高险别有奇趣，游子拘束亦自摆脱。从而使这首诗歌的艺术表现仿佛浪漫、夸张而壮美，其实它描写蜀道高险是客观而真实的，不过写其极端而已；它劝诫入蜀游子是诚恳而切实的，都从世俗人情着想。所以诗中游子不是以往的游子，不是游宦，不是游仙，也不是隐者逸士，而是洞察世情的"谪仙"，体贴人民的"骚人"，超脱自在，无所牵累，讽世劝俗，恳切坦然。这样的游子形象具有盛世气象，更有盛唐特点，显示着封建统治下的宽松，表露着中下层士人的向往，前此未见，所以"新鲜"；此后少有，所以"万口传"。

随着历史前进，封建制度从盛入衰，文人士子对游子生涯及谋取功名，都有日益深刻的体验与认识；而文明进化，交通发达，对入蜀及赴边的旅途困难，也不再像先唐时代那样愈益望而生畏。到了清代，像《蜀道难》这般开导游子成了老生常谈，而蜀道高险艰难早已不复当年，因而作为一种社会生活的艺术形象，不论是以过来人的坦诚开导，或是被劝诫的世俗畏难，都是过去的历史，不再觉得新鲜了。事实上，直到今日，《蜀道难》仍是古典诗歌艺术的瑰宝，放射着迷人的光华，但不是因为它体现着"谪仙"的形象，也不是由于它具有超人的风格情调，而是由于它对人民的挚诚的情怀，对祖国山水的幻丽的歌唱。如果以它的主题来说，到了清代，则表现为另一种艺术形象。亦举一例。

赵翼的同时著名诗人袁枚的名篇《同金十一沛恩游栖霞寺望桂林诸山》：

奇山不入中原界，走入穷边才逞怪。桂林天小青山大，山山都立青天外。我来六月游栖霞，天风拂面吹霜花。一轮白日忽不见，高空都被芙蓉遮。山腰有洞五里许，秉火直入冲乌鸦。怪石成形千百种，见人欲动争谽谺。万古不知风雨色，一群仙鼠依为家。出穴登高望众山，茫茫云海坠眼前。疑是盘古死后不肯化，头目手足节骨相钩连。又疑女娲氏，一日七十有二变，青红隐现随云烟。蚩尤喷妖雾，尸罗袒右肩。猛士植竿发，鬼母戏青莲。我知混沌以前乾坤毁，水砂激荡风轮颠。山川人物熔在一炉内，精灵腾踔有万千，彼此游戏相爱怜。忽然罡风一吹化为石，清气既散浊气坚。至今欲活不得欲去不能，只得奇形诡状蹲人间。不然造物纵有千手眼，亦难一一施雕镌。而况唐突真宰岂无罪，何以耿耿群飞欲刺天。金台公子酌我酒，听我狂言呼否否。更指奇峰印证之，出入白云乱招手。几阵南风吹落日，骑马同归醉兀兀。我本天涯万里人，愁心忽挂西梢月。

这是一首旅游诗，诗人以为是游子诗，所以末二句用了两个典故。一是《古诗十九首》之一"相去万余里，各在天一涯"，表示自己是作客他乡的游子；二是李白《金乡送韦八之西京》"狂风吹我心，西挂咸阳月"，表示自己惜别主人的心情。不难见到，袁枚此诗是有意继承李白浪漫想象的诗歌艺术，也不无创新的追求和意图。《蜀道难》的浪漫想象是形容蜀道高险，其特点不是夸张想象，而是描写极端。开辟蜀道的神话传说是远古历史；"上有六龙回日之高标，下有冲波逆折之回川"，是形容道路极其高而危险；黄鹤飞不过去，猿猴攀不上去，然而人可以登上山顶，摸着星星，是形容翻山极其艰难；至于鸟叫月照，绝壁枯树，瀑布轰响，是渲染山途经历极其可怖；以及"一夫当关，万夫莫开"，则是古来周知的关隘险阻，也是举其极端，言其极端。总之，诗中所写都是实有艰难的情景，也是入蜀游子无可避免的艰难险阻。而袁枚此诗的浪漫想象，其特点不是描写桂林众山的实有景观，而是夸张地描写诗人主观的想象。

桂林栖霞寺栖霞洞即今广西桂林郊外名胜七星岩。从传统的中原观点看，桂林与成都一样属于边远地区。然而昔日旅途险阻，袁诗中毫不涉及；古来作客为难，此时已为上宾；同属登山，高险变为奇观；总之，《蜀道难》是过来人，此诗却是欣赏山水的"游子"，因而诗人不是劝诚世俗的"谪仙"，而是高谈阔论的上宾。全诗首尾点出旅游桂林，感激东道；中间记叙从栖霞洞到栖霞山上观赏洞中及众山景观，都是才学焕发的主观想象。诗人不是复归自然的道家信徒，而是博学多才的大自然鉴赏家、人世间议论者。栖霞洞中所见，在构思上是出洞后观赏众山的铺垫，也是想象洞中景观仿佛创世前的混沌初辟状态。其主要描写是在出洞登高，观望众山。即"疑是盘古死后不肯化"至"何以耿耿群飞欲刺天"二十三句，以淹博的学识，用比兴的手法，写众山的姿态，驰骋主观的想象，大发人间的议论，读来气势充沛，形象突出，仿佛脱口而出，一气呵成。诗中不再一味散发道家气息，而是神话传说、佛道故事以及古代斗士的"山川人物"，从盘古氏、女娲氏、炎帝蚩尤、清凉佛尊、格斗勇士、鬼母青莲以及破妖除魔的道家罡风等等，似乎见到创世以来种种人物与精灵，仿佛感到他们束缚于天的僵化而不平的气势，实质在抒发自己的名士情怀，显露才学，高谈阔论。

李、袁相距千年，时代不同了，封建制度极盛阶段的蓬勃与宽松，导致李白这样仿佛不属人间的天才诗人、自在游子的出现，恰如昙花一现，因而也被叹为谪仙。袁枚则是盛清的大才子、大诗人，备受敬重，供为上宾，实为养尊处优，并不自在。袁诗虽然才气横溢，却是未免客气；尽管谈天说怪，毕竟为臣为宾。正因他不掩饰自己的束缚，也不强压自己的不平，所以他大发这番"狂言"，仿佛要一吐"欲活不得，欲去不能"的满腔不平，似乎自己便是这"耿耿群飞欲刺天"中的一个，然而被束缚、被僵化了。"谪仙"好像变成僵化的"山川人物"及"精灵"，是诗中艺术形象的不同，是历史时代的现实生活变化的反映，是时代的使然。

从风格情调看，《蜀道难》的李白天真而诚恳，逗人喜爱，使人感动，有浪漫风格，有幻丽魅力；此诗的袁枚则淹通而不平，令人钦佩，让人同情，有学识才华，有激情气势，却不浪漫，也不幻丽。不同时代的诗人，写出不同风格的诗篇，自然而然。在它们各自初出之时，都是自己时代社会生活的特征反映，真实而新鲜独特。倘使让后世诗人再来追步前人，要袁枚吟咏蜀道艰难，讽世醒时，则不仅落套，也显得幼稚了，并非新鲜与否的感觉。

哲理与诗情的交融

——李白《日出入行》　钟元凯

　　日出东方隈，似从地底来。历天又复入西海，六龙所舍安在哉？所始与终古不息。人非元气，安能与之久徘徊？草不谢荣于春风，木不怨落于秋天。谁能鞭策驱四运，万物兴歇皆自然。羲和，羲和，汝奚汩没于荒淫之波？鲁阳何德，驻景挥戈？逆道违天，矫诬实多。吾将囊括大块，浩然与溟涬同科。

李白爱月，那皎洁晶莹的明月映照出诗人天真爽朗的襟怀；李白也爱白日，他从太阳终古不息的运行中体认到宇宙的生命，并与自己的人生理想融而为一。说这是一首抒情诗吧，它分明包含了富于哲理的思索；说这是一首哲理诗吧，它那激越的感情洪流又似乎不止是智者的玄想。这是哲理与诗情的汇合和交融，也是诗人精神境界的一次飞扬和升华。

太阳的昼行夜伏，这本是亘古不变的自然现象，可是这寻常的景象却激荡起诗人不寻常的诗情。在这首诗里，诗人既无意于再现朝阳喷薄而出的壮观画面，也无意于描绘丽日当空时金碧辉煌的色彩，却追寻着太阳运行的轨迹，从天涯直寻到海角，从此刻上溯到终古，终于在眼前展现出一个在空间上广袤无垠、在时间上绵延不尽的偌大宇宙！白日的运行既是空间的超越，又意味着时间的流驶，它的这种双重的性质被诗人巧妙地用来作为认知宇宙的探测器。以此之故，诗里发出的"六龙所舍"和"人非元气"这两句，就并非是诗人格致物理所生的疑窦，而是诗人面对如此宏阔渺远的宇宙所发的惊喜交加的浩叹和礼赞。以宇宙之广大，所以为日驭车的六龙究竟在何处栖息，竟无从寻觅；以宇宙之绵远，最初可追溯到天地万物始生之前（古人认为元气为世界的本原，万物皆由之派生），则人类虽历经百世千载，相比之下又安知不同于一瞬！如果说，诗人在面对雄伟的山水景物时，就曾情不自禁地发出"仰观势转雄，壮哉造化功"（《望庐山瀑布》之一）的惊叹，那么，当他置身于浩瀚的宇宙之中，面对如此的造化神功时，其心灵又如何能不为之所震慑！何况，这自古以来周转不已的太阳，又给这寥廓茫远的宇宙带来了生命的律动，它跃动着，徜徉着，以永恒的运动发散出活力，给世界带来了光明，灌注了生气，这一幅宇宙图景所具的魅力，该是多么令人神往！

诗人由惊叹陷入了沉思。这茫茫的宇宙并非混沌一片：春去秋来的时序转换，朝荣夕落的盛衰变化，仿佛都遵循着一定的秩序。然而这秩序却并不是有谁在那里冥冥主宰着，用其一己的意志强加于世界的结果。万物的繁盛与凋殒，时序的更迭和变换，都是自然之母的产

龙山羲和

物。这无言的"自然"本身，就意味着生命和运动的自由。"草不谢荣"、"木不怨落"两句，胎出于《庄子》郭象注："暖焉若阳春之自和，故蒙泽者不谢；凄乎若秋霜之自降，故凋落者不怨。"其实，就是"万物兴歇皆自由"的思想，也源出于郭注："万物皆自然，无使物然也"、"物各自生而无所出焉，此天道也。"（《齐物论》注）这里可见诗人所受道家思想的影响。但诗人在前哲的引发下，着重抒写的却是追求生命自由的一片热忱。诗人用先抑后扬的手法，先借古代神话传说中羲和、鲁阳公两个人物，对他们反自然的行为进行了嘲讽和斥责，然后直抒胸臆。

羲和在古代传说中不仅是为日驾车的御者，而且还是主掌四时运行的职官。然而一身焉能二任，当他驾着太阳沉入到虞渊之中时，又如何能履行其执掌四时的职责？诗人用揶揄的口吻对羲和提出了质疑，暗应了前面"谁能鞭策驱四运"一句。传说中鲁阳公在与韩酣战时曾援戈挥日，"日为之返三

鲁阳挥戈雕像

舍"，诗人对此更是直言挥斥。羲和与鲁阳公都想以一己的意志凌驾于天道自然之上，随意支配这万类竞自由的大千世界，无怪乎诗人要指为"矫诬"，视为不足信的谰言了。先着此两笔反拨，最后诗人直白的宣言就显得分外有力:诗人要和这其大无外、弥漫元气的宇宙融而为一，

要投入并拥抱这充满自由的生命活动的自然。诗人对神奇的大自然的感情，已经升华为一种乘化顺时的人生理想了。

中国古代盛行"天人合一"的思想，道家更强调从对大自然的直观中得到人生的启示和心灵的契合。李白在他的许多诗篇中，往往在讴歌自然的同时，迸发出反权贵反礼法、摆脱世俗拘束争取人生自由的强烈的思想倾向。他对"天道""天运"的思索，常常是他用来表达自己所追求的人生境界的一种独特方式。这首诗也是如此。它用的是乐府旧题，但汉乐府《日出入》抒写的是人生短暂、企望登遐升仙的苦闷情怀；李白这首诗却充满乐观的自信，他仿佛在这运行有序、洋溢着蓬勃生机的宇宙中发现、领悟了人生的真谛。全诗用屈伸自如的杂言句式、灵活多变的口吻，活脱地表现出诗人"与万物为一"的气概和襟怀。构想的恢奇、形式的自由和向往充分人生的意蕴互为表里，透露出人类迈向自由王国的永恒追求。

黄河长江的礼赞

——李白《西岳云台歌》和《庐山谣》　葛晓音

李白一生写下了许多脍炙人口的山水名篇。其中最有特色的是那些描写名山大川的七言和杂言歌行。这些诗气势豪放纵逸，想象丰富奇特，用仙境和幻境构成了壮丽奇谲的理想世界，寄托了诗人超然世外的高情逸志。《西岳云台歌》和《庐山谣》就是其中的代表作。这两首诗虽然不是作于同一时期，但都是选择黄河长江边的名山作为制高点，凭借其浪漫雄奇的想象，从站在空中俯瞰山河大地的视角，为长江黄河写下了最壮美的赞歌。

> 西岳峥嵘何壮哉！黄河如丝天际来。
>
> 黄河万里触山动，盘涡毂转秦地雷。
>
> 荣光休气纷五彩，千年一清圣人在。
>
> 巨灵咆哮擘两山，洪波喷流射东海。
>
> 三峰却立如欲摧，翠崖丹谷高掌开。
>
> 白帝金精运元气，石作莲花云作台。
>
> 云台阁道连窈冥，中有不死丹丘生。
>
> 明星玉女备洒扫，麻姑搔背指爪轻。
>
> 我皇手把天地户，丹丘谈天与天语。
>
> 九重出入生光辉，东求蓬莱复西归。
>
> 玉浆倘惠故人饮，骑二茅龙上天飞。

（李白《西岳云台歌送丹丘子》）

西岳即华山，云台是华山的东北峰。丹丘子即元丹丘，是与李白一起学仙修道的好友。从诗意看，元丹丘似曾受到唐玄宗召见，不久西归华岳。李白就写了这首诗送他还山。虽以西岳为题，其实是一首黄河的赞歌。

开头劈空而起，诗人仿佛站在半空，对峥嵘的西岳和奔腾的黄河发出大声赞叹："西岳峥嵘何壮哉！黄河如丝天际来。"据《华山记》，华山上有白帝宫，俯眺三秦，旷莽无际，黄河如一缕水，缭绕岳下。这是李白以"如丝"形容黄河的现实依据。但是"丝"虽然极细，却因为是在天际，不仅见出在西岳之巅远眺黄河的高远视野，而且蓄积了黄河自天边奔流而来的远势，所以不觉其细，反而酝酿了巨大的力量。果然，以下紧接着就写黄河奔到山下激流回转的力度和巨响："黄河万里触山动，盘涡毂转秦地雷。"黄河从万里之外奔来，以其巨大的冲力撞击山崖，在山谷里盘旋涡转，发出雷鸣般的巨响，震荡着秦地的上空。"盘涡毂转"四字用西晋郭璞的"盘涡毂转，凌涛山颓"（《江赋》）现成的句子，原赋描写因水深风劲而形成车轮般飞转的漩涡，波涛汹涌似欲冲垮山崖的景象。李白则强调了急流相冲形成盘涡后发出的咆哮，犹如滚过三秦大地的雷声。这就将黄河在西岳下的水势夸大到极限，充分展示了黄河之水天上来的雄壮气势。

接着，诗人又从水色渲染黄河的气象："荣光休气纷五彩，千年一清圣人在。"急流在山谷中冲撞，激起无数浪花，在阳光下闪射出万道五色霞彩。而如此美景的出现是因为黄河变清，圣人出世。这两句表面是写景，其实是对太平盛世的赞美。古人认为黄河千年一清，是圣明君主出现的祥瑞。据《尚书中候》说：尧主政七十载，在黄河洛水修坛。备礼之后，见"荣光出河，休气四塞"。"荣光"就是五色光彩，"休气"是美好的祥瑞之气。"四塞"是炫耀四方的意思。"荣光休气"用的就是这个典故，但更强调了荣光的"缤纷五彩"。这里既是写水雾在阳光照耀下出现彩虹的实景，又是歌颂黄河清、圣人出的时势，因而不但点出了黄河在社会发展中的重要意义，而且预先为下文对"我皇"的赞美埋下了伏笔。

西岳与黄河还有一个有名的古代传说。据说华山正对河东首阳山，两山原本是一山，面对黄河，河水经过要曲折绕行。河神巨灵用手掌掰开上面的山峰，用脚踢开下面的山根，中间一分为二，于是黄河便从中穿过，一山变成两山。巨灵神的掌印和脚迹至今尚在。这个传说是因西岳仙掌峰上有一个巨大的掌形而产生的想象，历代描写黄河和西岳的诗赋必定要提到这个故事。从字面看，李白只是用这个故事的本意，想象当初巨灵神咆哮着掰开两山时的情景，被阻的黄河洪流得到泄洪的通道，必定会像箭一般喷射出去（有的版本作"箭流射东海"或"喷箭射东海"）。但是诗人将这一刹那的情景永远定格了。他把巨灵的精魂赋予奔流不息的黄河，彷佛浚急的河水始终处于两山刚被劈开的状态，连用"喷"字和"射"字，写出了黄河在山谷中冲撞盘旋之后，急流从山口喷射出去，直达东海的态势。这就进一步超越声色的描写，从黄河的神魂上写出了水势的壮观。

在黄河急流的冲击下，西岳三峰向后退却，似乎要被摧毁。翠绿的山崖和丹红的山谷中开出了巨灵的高掌，"三峰却立如欲摧，翠崖丹谷高掌开"这两句仍然承接上文巨灵劈山的故事，但写景自然从黄河转向西岳。三峰指华山山顶的莲花峰、落雁峰和朝阳峰。山的东北是仙掌峰。据《华山记》，崖壁为黑色，中间有石膏流出，凝结成痕，黄白相间，痕迹较大的远望好像五个手指，好奇者便传说是巨灵神的掌印。又有记载说华岳仙掌是丹紫色，正如肉色，每当太阳正面照射时就能看见。这两句借巨灵故事一笔写尽华山的几个主要山峰，自然转到下面两句："白帝金精运元气，石作莲花云作台。"两句紧接"三峰"而来：白帝宫在三峰之一落雁峰上。白帝是主管西方的金天氏，治所就在华阴山。而云台峰就在莲花峰下，据记载，远望华山三峰和云台峰，宛如青色莲花开于云台之上。以上四句视点由远及近，好像航空拍摄的镜头，逐渐从三峰聚焦到莲花峰和云台峰。直到这时，诗题中提到的主角元丹丘才出现在眼前。

"云台阁道连窈冥，中有不死丹丘生"两句，在幽深曲折的云台阁道中，逐渐显现出一个长生不死的丹丘生的仙人形象。"窈冥"虽是幽深之意，但也可以理解为天空的深冥，因此这两句视点开始升到更高处，展开了丹丘生所生活的仙境。明星玉女是太华山上仙女的名字，据说手持玉浆，服之即可成仙。麻姑是古代道教传说中的仙女，据《神仙传》，麻姑手爪似鸟。有一个叫蔡经的人见了，心里暗暗希望麻姑用此手爪为自己爬背搔痒，被王远斥责鞭打。李白在这里说，明星玉女为丹丘生洒扫庭院，麻姑为丹丘生轻轻搔痒，竟将高贵的神女降为丹丘的侍女，主要是为了突出丹丘的道行之高，从而再把他推上更高的一层境界："我皇手把天地户，丹丘谈天与天语。""谈天"意思不是今天所谓的聊天，而是用战国时邹衍能谈五德终始、书言天事而被称为"谈天衍"的典故，说元丹丘可以和把持天地门户的"我皇"谈论天事。在天上与天神共语，这是何等的荣耀呢？"手把天地户"原出《汉武帝内传》，王母命令侍女唱《元灵之曲》，其中有"天地虽廓寥，我把天地户"两句。李白把王母改成"我皇"，似乎是指天上的玉皇，但也可指人间的皇帝，也就是当今天子，这个"我皇"把握着天地间最大的权力，自然好像是职掌着天地的门户了。正因如此，下面才会紧接"九重出入生光辉"一句。"九重"本指天之九重，但是人间帝王的深宫也称为九重，那么这一句又似乎是指元丹丘曾被皇帝接见。此事虽然史无明证，出入九重也可能只是李白对元丹丘的祝愿。但是唐玄宗信奉道教，对道士特别礼遇，元丹丘得到宫廷召见的机会也并非没有可能。这一节的巧妙在于从"谈天"开始，转到送元丹丘的正题，"九重出入"之事既像是在人间皇宫，又像是在天上。诗人利用"天""九重""我皇"等词汇语义的两重性，以及元丹丘能见到玉皇谈论天事的仙人身份，给人的感觉始终是在营造"天上"的环境。这就与上文所有的描写取得了一致的视野。

与"九重出入生光辉"一句紧接的"东求蓬莱复西归"，令诗意突转，点出送元丹丘的原因。丹丘与"我皇"谈过天之后"复西归"，应当还是回到西岳，所以前面才会以整篇来描写西岳的仙境。但是从字面看，主角丹丘生仍是浮游在天上的。最后两句是从诗人这个送别者的角度来写：既然丹丘生有明星玉女备其洒扫，那么如果他能将玉女手持的玉浆给自己这个故人喝一点，自己也可以和丹丘生一起乘龙上天了。末句用《列仙传》故事：有一个叫做呼子先的占卜师，活到百岁，临终时叫酒家老姬赶快准备装束，要和她一起去见中陵王。夜里，有仙人牵了两条茅狗来叫子先，子先就把一条狗给老姬，骑上才知道是龙。于是上了华阴山，常常在山上大呼说：

"子先，酒家母在此。""二茅龙"就是两条茅狗变的龙。这里以华山呼子先比丹丘生，正切合丹丘生要西归华岳的事实，用典精巧。而典故的深层含义，除了表示要跟丹丘生学仙以外，还包含着跟丹丘上天见"我皇"的愿望。

李白在早年的《上安州裴长史书》里就称元丹丘为故交。从这首诗的内容可以揣测，李白当时还没有被玄宗召入长安，对时代还充满幻想，因此应作于开元年间。开元时代确是唐代最承平繁荣的时期，当时大多数文人都认为自己遇到了尧舜之世，所以歌颂河清海晏，圣人出世，并不给人阿谀当世的感觉，反而表现了诗人希望乘时而起、有所作为的理想。诗人对元丹丘的艳羡和希望引荐的心情，也应该作如此理解。

而这首诗更重要的价值是对于黄河的礼赞。虽然李白多次在诗里写到黄河，但声势境界都非这首诗可比。诗人对西岳的大声赞叹，与黄河奔腾万里而来冲撞山崖所激起的巨响汇成一片，如巨灵咆哮，沉雷滚地，山鸣谷动，豪壮无比。全诗的气势也如黄河落天直射东海般一泻千里，力敌万钧。而诗人的视野又始终在空中和天际，无论写西岳诸峰还是洪波喷流，都是从高处俯瞰，因而产生了"天与俱高"的独特美感。

我们看下面一首：

　　我本楚狂人，凤歌笑孔丘。手持绿玉杖，朝别黄鹤楼。五岳寻仙不辞远，一生好入名山游。庐山秀出南斗傍，屏风九叠云锦张，影落明湖青黛光。金阙前开二峰长，银河倒挂三石梁。香炉瀑布遥相望，回崖沓嶂凌苍苍。翠影红霞映朝日，鸟飞不到吴天长。登高壮观天地间，大江茫茫去不还。黄云万里动风色，白波九道流雪山。好为庐山谣，兴因庐山发。闲窥石镜清我心，谢公行处苍苔没。早服还丹无世情，琴心三叠道初成。遥见仙人彩云里，手把芙蓉朝玉京。先期汗漫九垓上，愿接卢敖游太清。

（李白《庐山谣寄卢侍御虚舟》）

安史之乱爆发以后，李白在庐山避乱。这时唐玄宗派永王李璘带兵沿长江而下，阻止叛军南侵。李璘经过庐山时，邀请李白加入他的幕府。李白本来就盼望着能有为国效力的机会，因此欣然随永王来到金陵。但不久以后，永王被人告发企图依托金陵谋反，当时已在甘肃灵武继位的唐肃宗派兵剿灭永王军队，李白也受到牵连，在浔阳下狱。后被流放夜郎，途中遇赦，从江夏再来庐山。这首诗就作于此时。诗题中的卢虚舟，在唐肃宗时担任殿中侍御史。"谣"是乐府歌行的一种体裁。

开头两句先为自己画了一幅狂放飘逸的自画像：说自己本来就是楚国狂人接舆那样的人物，唱着"凤兮凤兮"的歌谣嘲笑孔丘。李白的狂放与楚狂本来神似，所以这个比喻很能表现李白的典型形象。但是诗人用典还有更深一层含义：据《论语·微子》，孔子到楚国时，接舆去见孔子，唱道："凤兮凤兮，何德之衰？往者不可谏，来者犹可追！已而！已而！今之从政者殆而！"凤凰是儒家认为的天下太平的象征。从接舆唱的歌里就可以看出李白自比楚狂，唱着凤歌嘲笑孔丘，实际上是表露了对于肃宗时代政治的不满。又据《高士传》，接舆本名陆通，平时喜欢养性，躬耕自给。因为见楚昭王政治黑暗，才假装疯狂不做官。当时人称之为"楚狂"。最后与妻子改名换姓，游历各处名山，世人传他已经成仙。从接舆的平生事迹又可看出，李白藉以自比的另一层意思，是说自己也将像楚狂那样放荡于名山，以求得道成仙。所以后面四句正是由此发挥，进一步描写自己的形象：手里拿着神仙用的绿玉手杖，辞别了江夏（今武昌）的黄鹤楼，遍游五岳，为寻仙道而不辞路远。"一生好入名山游"这一句概括了李白毕生在名山之中游历的喜好和风神，同时为转入庐山之游自然过渡。

庐山是李白最喜爱的名山之一。这首诗既然是以庐山为题的歌谣，当然应该描写庐山最重要的景观特征。但是诗人没有局限于游览庐山的客观记述，而是以空中遨游、全景观照的视点，将庐山极度放大，使之远远地超出原有的自然形态：庐山位于南方，属于二十八宿中斗宿的分野。旁有鄱阳湖，长江由此流过。"庐山秀出南斗傍，屏风九叠云锦张，影落明湖青黛光"三句，即勾勒庐山地理位置的特点。这几句夸张庐山的高大秀丽直插云天，彷佛耸立于南斗旁边。于是庐山五老峰东北的九叠

清·苏六朋《太白醉酒图》

云屏也随之极度放大，天上的彩云就像锦缎一般张开，成为屏风上的图案。它的影子便倒映在清澈的鄱阳湖中，使湖面上的水光也闪耀着庐山的青黛色。这一段从山水对映的关系展开庐山的全景，虽然没有写游山之人，但可以想象出具有如此视野的诗人必定具有无比高大的形象。

由于以上的视角，庐山上所有的景观都和青天相接：金阙本来是指庐山北面的石门，有双石高耸，形状像门，中间有石门水瀑飞泻而下。诗人将它比作"金阙"，彷佛因为打开庐山的这座金门，才见到香炉峰和双剑峰这两座高峰。据《寻阳记》，庐山上有三石梁，但不可考，今屏风叠左面有三叠泉，水势成三折流下，与李白诗句相合。既然庐山如天上的屏风，那么倒挂在三石梁上的瀑布自然就像银河从九天落下。庐山瀑布中香炉峰瀑布是李白最爱，曾经写过好几首诗赞美它的万千气象，所以这里再次突出香炉瀑布远远在望。这一层仍是按照山与水的关系将庐山主要的景点组合为全景，只是角度不断变化而已。诗人的着眼点本不在介绍庐山名胜，而在渲染它的苍莽气势，所以紧接着"回崖沓嶂凌苍苍"一句又将视野升高推远：从空中望去，庐山曲折的山崖和重叠的岩嶂凌驾于青天之上。青翠的山影与天上的红霞与朝日相互映照，东望吴天，长空寥廓，连鸟都飞不过去。这就在极力夸大庐山的高大秀伟之时，又展开了无边高远的空间，为下观长江造势，将诗情推向高潮。

"登高壮观天地间，大江茫茫去不还。黄云万里动风色，白波九道流雪山"四句，是全诗视野的最高点，而着重写庐山与长江的关系：长江在浔阳（今九江）分为九道，白浪滚滚，经过庐山浩荡东去，直奔苍茫的天际。黄云万里，随着风势变化，如大海般涌动起伏。诗人将他的视野拓展到天的尽头：长江彷佛挟带着极西头的昆仑雪山，又像是卷裹了万里大漠的黄云。只有纵观天地、俯视一切的诗人，才能挥动如椽的巨笔，写出这茫茫九派、波涛似雪、云海翻腾、风云变色的壮伟景象，而诗人的磅礴气势也在这里达到了极致。

诗人借庐山的气象充分赞美了长江的壮观之后，视点回到了山上："好为庐山谣，兴因庐山发。"这两句用歌行的重叠句法总结上文，借此转折交代自己写庐山谣的真正用意：是因为要步谢灵运的后尘，到庐山上去修炼成仙。"闲窥石镜清我心，谢公行处苍苔没"两句，即用谢灵运登庐山的典故。谢灵运写过《登庐山绝顶望诸峤》诗。据记载，南康府西有石镜峰，上有一块圆石悬崖，明净如镜。谢灵运有诗句说"攀崖照石镜"，即指此处。李白要去寻找被苍苔埋没的"谢公行处"，也是颇有深意的：谢灵运出身东晋大士族，入宋以后因卷入王室之间的斗争，得罪朝廷，被放为外任。但他不久离职返乡，到处游山玩水，藉以体会老庄的"达生"之道。李白的遭际与谢灵运有类似之处，所以他也希望像谢灵运那样离开世俗，在山水间获得心灵的清净和自由。"早服还丹无世情，琴心三叠道初成"两句，就是写这种"达生"的心理状态。上句说服食外丹，下句写修炼内丹。李白相信道教，而且接受过道士的符箓。还丹是道教炼丹的术语，意思是把丹药烧成水银，又使水银还原成丹，所以叫"还丹"。琴心三叠也是道教的一种修炼方法。《黄庭内景经·上清章》说："琴心三叠舞胎仙。"道教认为人的丹田有三处：肚脐下称为下丹田，心下称为中丹田，两眉间称为上丹田。修道者炼气时，心和气静，使三处丹田的和气积累为一体。"琴心"即平和之心，"叠"即积，所以叫做琴心三叠。这两句说自己想早点服食还丹，因为已经没有留恋世俗的心情了。而且炼丹田之气，也达到了初步成道的境界。这几句将庐山和求仙联系起来，照应开头"五岳寻仙"的意思，也为前面写景从空中俯瞰庐山和长江的视角找到了落脚处，因为只有超然世外的仙人才能以这样的视野和气魄来观照山川。

所以最后四句的立足点又回到了空中：得道的诗人可以远远看见仙人们在彩云间飘游，手里拿着芙蓉花朝见道教的元始天尊。据说元始天尊住在天中心之上，名为玉京山。这两句不仅进一步将庐山写成了仙境，而且预示诗人也将与仙人们一起自由地翱翔于天地之间。最后两句扣住题目"寄卢侍御虚舟"之意，说自己已经和不可知的人相约于九天之外，愿意接卢敖一起共游太空。这里化用《淮南子·道应训》典故，非常巧妙。该书说，燕国人卢敖曾经游于北海，在蒙谷见到一个长相奇怪的人，正在迎风而舞。卢敖表示希望与此人结为朋友。这个人笑着说："吾与汗漫期于九垓之外，吾不可以久驻。"于是举臂跳入云中。李白借用这个怪人的原话，将卢虚舟比作卢敖，意谓自己今后将飘游于太清之中，并期待着卢敖和自己一起，在不可知的世外获得永恒的自由。

李白一生都在追求绝对的精神自由，游仙就是突破一切束缚的最好方式，尤其是在晚年经历了这样一场政治磨难之后，诗人对世情看得更透，也就更加渴望离开污浊的尘世。但游仙只是虚幻的想象，而祖国山河的壮美才真正使他在大自然中找到了精神和人格的寄托，激发出与天地相通的浩然之气。因此从这个意义上来说，李白这两首诗既以其处理个人形象和时空关系的独特方式达到了人与自然合一的境界，又展现了黄河长江将天地之大美与人文之精华融为一体的丰富内涵。

两怀高洁　不厌相看

—— 李白《独坐敬亭山》

刘坦宾

众鸟高飞尽，孤云独去闲。

相看两不厌，只有敬亭山。

这首诗作于唐天宝十二载（753），是李白被"赐金还山"，仕途彻底断绝，政治抱负成为永远不能实现的苦涩梦幻之后，盘桓于安徽宣城期间，所写多首格调清新的抒情诗中的一首；是怀着"弃我生者昨日之日不可留，乱我心者今日之日多烦忧……人生在世不称意，明朝散发弄扁舟"（《宣城谢朓楼饯别校书叔云》）这种去日难留、生不称意、心多烦忧的伤戚感情所写的。此时，李白离"仙"逝凡尘之日不到五年，已经走到了他人生的晚境，可算是沧桑遍历，升沉悉经，苦乐备尝，对人生苦旅充满疲惫感，充满失落意，加上"世路如秋风，相逢尽萧索"（《游敬亭寄崔侍御》)，一种清高拔俗、难与苟同的孤独感和寂寥感便成了居闲置散的此时此地诗人心曲的主旋律。当闲云独去，众鸟高飞（这里的"高"字既是度量的实指，也是双关于升迁一词的隐嘲，一词之择，意味深长)，这种作为心曲主旋律的孤独、落寞、寂寥的感情不期而至而意兴索然时，才发现只有眼前这座不肯从众轻率离去的敬亭山陪伴自己。可知这座山，不只清秀其表，而且灵秀乎中，心存砥柱，不肯随波逐流；节操自守，不屑朝秦暮楚。因而当那些闲云野鸟攀高附远、纷纷遁迹时，它居然"我自岿然不动"地屹立眼前，孤独甘居，不肯我弃，这该是一种多么令人难于言表、铭感于衷的光景呵！于是，诗人博学宏辞，游侠尚义，胸怀济世生民的伟大抱负等品质所生

李白像

发出恢宏的人格力量，在彼此相对默立、观照神会的一刹那，相互感召、相互发现、相互认同，平生知己相逢喜，应对无言坐若忘了。这种彼此发现、共同具有的人格力量，何待诗法娴熟的诗人用所谓拟人之类的手法，艺术地赋予与再现呢？而用"只有"两字显示独一无二，弥足珍贵的囿限，特别是用"两"字凸显出的，不暇征信、不待首肯而涵盖、囊包对方的"独断专行"，使得李白这个伟大诗家作诗与做人都具有的那种风神超逸、才气逼人、放荡不羁、礼让难拘的典型的浪漫主义气质，在这里和盘以出，毕现天遗。对此，谁还能讥评这个人臧为谪仙客、自诩为楚狂人、贵为万乘之尊的"诗家天子"李白，非关默契、全出骄横的一厢情愿和强与认同呢？

　　其次，在他盘桓于宣城所创作的多首诗中，多次带着亲敬感情吟及做过此间太守、诗名与山水诗开山祖谢灵运相颉颃的谢朓。如："我家敬亭下，辄继谢公作。相去数百年，风期宛如昨"（《游敬亭寄崔侍御》）；"谁念北楼上，临风怀谢公？"（《秋登宣城谢朓北楼》）不难看出，李白对睽隔几百年的这位诗人余韵流风的极大景仰和无限缅怀，而且还似有步其后尘、承其余绪的谦恭和赤诚。在《宣州谢朓楼饯别校书叔云》一诗中还有"蓬莱文章建安骨，中间小谢又清发"这样的诗句，对于谢朓诗怀清逸、诗笔清秀、诗格清高给予称赞。而且不只在宣城登楼怀古、触景生情、睹物思人时才有这些怀念、这些感慨、这些称赞，即便是早年在宣城以外的地方，也有过类似的绾结诗缘的情事发生。例如在南京所作《金陵城西楼月下吟》的结尾有："月下沉吟久不归，古来相接眼中稀。解道'澄江净如练',令人长忆谢玄晖。"对于金陵这样人文荟萃的江左名都,居然"目中无人"地感叹"古来相接眼中稀",而所长忆的,亘古以来似乎就只有这个谢玄晖,可见诗人对于这个数百年前同自己一样善于描写山水景色、经常袒陈抱负、也喜欢倾诉政治失意的苦闷与徬徨,也表露过类似"京洛多尘雾,淮济未安流。岂不思抚剑,惜哉无轻舟"(《和江城北戍琅玡城》)这样慨叹政局欠安定,也谋积极参与平靖的诗人的才调、抱负、襟怀,每每以诗表心仪,临风怀想。这相看不厌的敬亭山是不是李白心目中"风期如昨""诗又清发"的谢朓的化身和幻影呢?果尔,则同怀高洁、不厌相看的默契就更容易被人理解与接受了。

以上似乎都是紧扣一个"两"字在做文章。的确如此。如果没有这个能让读诗的有心人特别予以关注的字,而换上另一个如"久""终""独""孰"……之类,从而变成单行线的主体抒情,而不能通过对方源于上文所分析的、诗人人格力量感召生发出来的"不厌"的感情,从而反过来成为观照诗人诗品与人品的一面镜子,客观上成为诗人崇高心灵的艺术肖像，这首诗的审美品位和观赏价值，怕会等而下之，不像现在这样光鲜出众，让人广为传诵了。当年，"晚年渐于诗律细"的杜甫，用"吟成一个字，捻断数茎须"的感叹来概括作诗的经验，恐怕也不仅仅是倾诉耽吟的甘苦，以求共鸣于同好；不仅仅是力求诗律的严谨，以求垂范于后世；不仅仅是竭力找到一个足以点睛的诗眼，以显示出众的才华，更主要的恐怕还是像李白在这首诗中一样，追求作为灵魂的诗歌内容的高品位而吟好这"一个字"的吧！

说孟浩然《过故人庄》

倪其心

故人具鸡黍，邀我至田家。

绿树村边合，青山郭外斜。

开轩面场圃，把酒话桑麻。

待到重阳日，还来就菊花。

这首《过故人庄》是盛唐田园诗的名篇，诗人孟浩然也是盛唐著名的隐士。一般地说，封建士人出仕到官场，退隐归田园，是政治态度和生活道路的一种重大抉择。隐士歌咏

孟浩然像

田园，往往与政治失志相联系，意味着对现实政治不满或与现实政治不合，蕴含着不遇或不平的情怀。即使是隐逸诗人之宗、田园诗的鼻祖陶渊明，也在所不免。孟浩然这首田园诗却一味赞美友情，欣赏田园，显得兴高采烈，志满意惬，似乎不涉时世，未见骚屑。乍一读来，好像只是扣紧题目，首联写应邀赴约，次联写农庄风光，三联写田园情趣，末联写再约后期，完整地写了这次访问老朋友农庄的经过；仿佛诚恳地说了一通辞别道谢的家常话，朴实无华，毫不惊人，话说完了，诗也结束了，真是"淡到看不见诗"。然而知人论诗，稍加咀嚼，便可体会到这一番确乎出于肺腑的家常话，却是经过深思熟虑的构思和提炼，其中也蕴含着诗人不遇的感慨，只是表现得泰然自若，不介于怀，很有盛世隐士的风度。

先说诗。

诗的首联是说老朋友杀鸡煮饭，邀请诗人到他的农庄作客，流露着朋友的盛情和诗人的欣悦。但这两句化用了一个典故。《论语·微子》载，孔子的门徒子路曾向一位荷蓧丈人探问孔子的行踪，丈人说："四体不勤，五谷不分，孰为夫子（指孔子）！"说罢径自锄草，不睬子路了。子路呆立一旁，不知所措。当晚，丈人留宿子路，并且"杀鸡为黍而食之"。次日，子路见了孔子，把这件事告诉他。孔子说："隐者也。"叫子路返回去解释一下。子路再到丈人家，丈人不在。他就对丈人的儿子说，"不仕无义"，孔子谋仕是"行其义也"，因此，虽然"道之不行，已知之矣"，但孔子仍要谋仕。这是古代士人十分熟悉的典故，

马远《孔子像》

诗人的用意也显而易见：一是表示他的老朋友像荷蓧丈人一样是个躬耕田园的隐者；二是暗示自己也像孔子那样是为了行义而谋仕，并且认识到当时也是"道之不行"的形势。了解诗人的用意，便可理解这两句诗不止写应邀赴约，更表现出主客的身份不同，存在着微妙的志趣不同，还包含着一个问题：既然认识到"道之不行"，那么，诗人是像孔子那样坚持谋仕行义呢，还是跟主人一起像荷蓧丈人那样躬耕归隐？实际上，全诗就是通过抒写这次访问的体会，回答这一问题。

次联是说农庄坐落在一围绿树里，背景是一溜青山斜去，绵延至城郭之外，显示出农庄地处郊野，僻静幽雅，绿树成荫，举目青山，一派大自然欣欣气象，恰是躬耕隐居的大好处所。这是写临近农庄所见田园风光，表现出主人隐居的环境，同时流露着诗人情不自禁的欣赏和爱慕。三联是说在农庄里，老朋友和诗人对着菜园场地，畅饮欢谈农事，洋溢着宾主情投意合的乐趣。这两句用了两个成词，也化用了两个前人的诗意。上句是用阮籍《咏怀诗》"开轩临四野，登高望所思"的语意。阮诗是咏叹一个被褐怀玉、安贫乐道的儒生，由于"开轩"正视现实政治，觉悟到历史兴亡的严酷和人生荣名的虚无，因而"登高"遥望，羡慕高蹈隐逸。这里说"开轩面场圃"，是用阮诗从现实政治中有所觉悟的含义，表示诗人从仕途来访田园，深深领会到田园生活乐趣，很羡慕躬耕隐居的道路。下句是用陶渊明《归田园居》"相见无杂言，但道桑麻长"的语意。陶诗是歌咏田园邻里间日常只关心农事，不涉世俗杂念。这里说"把酒话桑麻"，就是表示赞赏主人隐居躬耕，心无杂念，情操清高。因此，这两句诗也不止写宾主欢晤，更表现诗人倾心于隐逸田园的生活情趣，赞赏老朋友断绝尘想的清高情操，显示着主客间志趣愈益接近，诗人有意改弦易辙了。

末联是说诗人将在秋高气爽的重阳佳节，再来农庄，届时可望像陶渊明那样兴致高雅地就着盛开的菊花痛饮一番，表示对这次访问十分满意，深为留恋，并以此辞别。这两句又用了陶渊明的一个故事。萧统《陶渊明传》载，陶渊明曾在九月九日重阳节，"出宅边菊丛中坐，久之，满手把菊"，忽然见到江州刺史王弘送酒来，他"即便酌酒，醉而归"。诗人用这个故事，有双重含义：既赞美主人具有陶渊明的节操风度，也表露自己很有追慕陶渊明的意向。这两句诗不仅以再约后期结束了这次访问，更是明白地回答了首联提出的问题，诗人有意要归耕田园。这样，通过这次访问，谋仕行义的诗人转向了躬耕归隐的道路，首联所表现的微妙的志趣不同，在末联便以殊途同归结束。

总起来说，这首诗的结构层次是扣住题目来安排的，因而具有访问辞别的如话家常的结构形式，但是它的主题思想却是赞美友情和田园，抒发诗人从仕途欣然转向归隐的情怀，同时也淡然地蕴含着不遇的感慨。正是出于这一主题思想的需要，诗人在这个访问的结构形式中，巧妙地交织抒写了"故人"和"我"两个人物。在正面赞美"故人"的同时，处处表露着诗人自己的思想感情，形成诗人自我的生动形象。换句话说，全诗始终如影伴形似地同时出现"故人"和"我"两个形象，被赞美者和赞美者一起浮现在人们眼前。故人隐者的情操，农庄田园的情趣，固然被朴质而典型地表现了出来，但这首诗更为动人处，却是诗人坦白诚恳的胸襟和情怀。因此，从艺术上看，它虽是律诗，却像古体；虽然对仗工稳，却很自然活泼；虽然用典不少，却是深入浅出；虽然描写景致，却是浑然见意。这些朴质的写法，和诗人的情怀是一致的。清人黄昇说："全诗俱以信口道出，笔尖几不着点墨。浅之至而深，淡之至而浓，老之至而媚，火候至此，并烹炼之绩俱化矣。"（《唐诗摘钞》）就艺术特点而言，这一评论是中肯的。但应当看到，诗人之所以采取这样平淡质朴的写法，更为重要的原因是他对于这一主题思想的认识和提炼。

因此，必须再说到诗人。

孟浩然生活在武则天末到唐玄宗开元末，正是盛唐极盛的年代，国家富强，天下太平。那时，优裕闲适的风气弥漫朝野，隐居是清高的名士风流，也是仕进的一条捷径和通途，隐与仕并不尖锐对立，在野者可以隐而仕，在朝者也可隐于仕。隐士或有不遇的感慨，但不必是政治上的对抗。孟浩然一生五十一岁，大部分岁月隐居在家乡襄阳（今湖北襄阳），仅在四十岁时曾应举到长安谋仕不遇，然后赴荆州在张九龄幕下当过短期僚属，

清·原济《对菊图》

随即到吴、越游历了几年。他没有正式做过官，终身布衣，可以说是个洁身自好的实在的隐士。

李白《赠孟浩然》说："吾爱孟夫子，风流天下闻。红颜弃轩冕，白首卧松云。醉月频中圣，迷花不事君。高山安可仰，徒此揖清芬。"生动地表现出孟浩然的隐士形象，也反映出开元盛世隐士的特点。孟浩然不做官，不事君，不涉世，不求名，却以其才学品德，情操风度，博得举世景仰，名扬天下。本来，他隐居攻读三十年，确实胸怀大志，以求一举成功，所以他在四十岁出山谋仕，并取得颇高的文名。但朝廷执政不赏识，不获施展的机遇，使他激愤不平，幻想破灭，头脑变得清醒，性格变得刚强，志向也转变了。而当他坚决走向隐逸道路时，却得到了更多的尊重，很高的声誉。政治不遇的挫折，获取了精神补偿和满足，反而砥砺了他隐居的志节，增强了对田园的喜爱，还结识了许多同道和知音，加深了对友谊的珍惜。因而在游历吴、越后重返家园隐居，他是隐士兼名士，田园加知音，清白而傲岸，优闲以恬适，自可心安理得、志满意足了。那曾经使他激愤的不遇失意，也化作人生的插曲，溅飞的浪花，虽然不能泯灭，却已淡然了。《过故人庄》所抒发的就是这样的胸襟和情怀，所表现的就是这样的盛世隐士形象。

从思想上说，《过故人庄》主要歌颂隐士清高的情操和田园恬适的情趣，对当时政治不过稍含不满，其实并不深刻，对今天更无多教益；但它真实地表现出开元盛世隐士典型的思想性格，反映出盛唐时代风貌的一个侧面，有一定的认识意义。它的主要成就在诗歌艺术方面。苏轼曾评论孟浩然的诗歌特点是"韵高而才短"（《后山诗话》）。"韵高"指诗歌的思想情调，"才短"指诗人的艺术才华。这一评论是允当的，也适用于《过故人庄》。这首诗显然不以出众的艺术才华惊人，而以情深意浓、思真词实动人。它如话家常，但并非客套，而是一片真心。它深入浅出，故并不浅薄，而是淡而有味。它技巧老到，却并无造作，而是浑熟自然。诗人是懂得诗歌艺术的，也是认真创作的。但他更注重于追求高尚的思想情操和表现真实的生活感受，因而虽然有"才短"之嫌，但无害其"韵高"之优，使他的诗歌独创平淡清腴的风格，为人们所喜爱。

杜诗的「真」与「厚」

王双启

　　"甚愧丈人厚，甚知丈人真"，这是杜甫在《奉赠韦左丞丈二十二韵》一诗中对韦济的称颂之辞。这"真"与"厚"两个字，又恰好可以被我们用来说明杜甫的为人和他的诗作。"真"，就是真实，它除了可以表示杜诗所反映的生活内容的真实性之外，更包含着杜甫那种诚挚、热情的待人处世的态度和作风；"厚"字的含义，则除了能表现杜甫为人的淳朴、宽厚之外，更包括着杜诗思想内容的厚重，亦即它的丰富性和深刻性。杜甫虚怀若谷，见善思齐，从他称颂别人的话里，我们往往可以窥见他自己的形貌和精神。"真"与"厚"两个字就是这样。再如，《敬赠郑谏议十韵》，称赞对方擅长做诗，有"毫发无遗憾，波澜独老成"的句子。清朝人杨伦就曾批注说这是"杜老自谓"。其实，杜甫是真心实意地称赞那位姓郑的谏议大夫，并非自诩之辞，杨伦却从杜甫对郑谏议的赏识之中，捕捉住了这两句适于表述杜诗的成就的语言，故而也就径直地把它看作是"杜老自谓"了。杜甫对韦左丞、郑谏议的赞扬，当然是体现了他评判事物的观点和标准的，他称许"真"与"厚"，称许毫发无憾、波澜老成，这当然也就是他自己在诗歌创作上所遵循的绳墨，而我们以此为引领去研读杜诗，又当然是不会走错门径的了。所谓"以杜解杜"，这也算得是它的具体解法当中的一项。

关于"真"，我们这里只就杜甫诗歌的感情真挚这一点来简单地谈谈。

杜诗之所以能够打动历代读者，它的感情真挚是一个最基本的原因。当然，情真与诗好并不完全是一码事，关键还要看诗人对客观事物的认识是否正确，以及他的主观感情是否健康。不正确的思想，不健康的感情，即便抒写得非常真实，也不会是好的诗歌——情真，不见得诗好；但是反过来说，一首好诗，要首先做到情真，如果是虚情假意，满纸空言，即便写得冠冕堂皇，也算不得好诗——诗好，却必须情真。汉朝人讲"诗言志"，晋朝人讲"诗缘情"，志是心志，情是感情，这两者都是要求建立在一个"真"字的基础之上的。杜甫做诗，能够缘情以言志，把抒情与叙事、说理结合起来，在抒写自己诚挚感情的同时，表述自己的真实思想，诉说肺腑，披露肝胆，读其歌诗即如晤对其人。进一步说，就由"真"而"亲"，更给读者以亲切之感了。

　　杜甫的诗歌是他内心世界的忠实表达，特别是他那些抒写乱离之中的生活感受的篇章，尤为深切动人。何以动人？因为情真；何以情真？因为有切实的生活感受。身之所历，心之所感，缘情言志，发而为诗，故而能够产生激动人心的艺术力量。且以一般论者并不十分重视的《喜达行在所三首》为例，略作申说：

西忆岐阳信，无人遂却回。

眼穿当落日，心死著寒灰。

雾树行相引，莲峰望忽开。

所亲惊老瘦，辛苦贼中来。

愁思胡笳夕，凄凉汉苑春。

生还今日事，间道暂时人。

司隶章初睹，南阳气已新。

喜心翻倒极，呜咽泪沾巾。

死去凭谁报，归来始自怜。

犹瞻太白雪，喜遇武功天。

影静千官里，心苏七校前。

今朝汉社稷，新数中兴年。

　　公元 757 年春夏之际，杜甫冒着生命危险，从被安史叛军占领了的长安逃了出来，往西行，经过平叛战争的前沿阵地，走了大约四百里的小路，才到达凤翔，投奔了肃宗朝廷。《喜达行在所三首》就是杜甫逃到凤翔之后所写的一组诗。诗中有云："眼穿当落日，心死著寒灰。"他面对西方的落日，望眼欲穿，恨不得即刻到达凤翔。从被困到出逃，自己能否回到朝廷，也是由盼望、失望，直到重新又燃起了希望之火，种种心情的变换交替，全部表达了出来。又有云："生还今日事，间道暂时人。"回想在小路上的艰苦行程，那时，随时都有可能遭到叛军杀害，简直是暂时活在世上之人，如今历尽危险，到达行在，能够活着回来，真是值得庆幸。但痛定思痛，想起来更加后怕，故而又云："喜心翻倒极，呜咽泪沾巾。"这是由喜而悲，喜极而悲，是感情急剧变化、强烈冲动的反映，也是诗人当时最真切的心绪的流露。为什么由喜而悲呢？那是因为"死去凭谁报，归来始自怜"。逃出长安，奔走于荒辟小路，倘若不幸遇害死去，真连个给家属报丧的人也没有啊！可是，这一层意思，当时在路上并不曾虑及，只是神情紧张地奔逃，及至到达目的地，安顿下来之后，再返过来回忆，方才自己怜惜自己，感到路途上的经历是太危险了。以下又云："静影千官里，心苏七校前。"凤翔虽是行在，同样是千官列朝，校尉护卫，在肃穆庄严的气氛中，我们的诗人才感到了"心苏"，平定了下来，才获得了一种安全感。《喜达行在所三首》就是这样描述了诗人由长安逃到凤翔的景况和心情，它给读者最突出的感受就是一个"真"字。太真实了！若非亲身经历，怎能写出如此真实的诗来！当然，只有经历是不够的，同时还需要深刻的体察能力与高超的表达技巧。然而，作为基础的，作为源泉的，毕竟又还是生活，还是诗人对生活的真实的描绘。

杜诗的"真"，思想感情的真挚，表达出来，并不只是深刻与细致，又有时是强烈与执著的，这也能够产生巨大的艺术力量。《自京赴奉先县咏怀五百字》里那自述品德、怀抱的部分，是最突出的例子，那是一篇最深刻、最透彻的诗人的内心世界的剖白。他把自幼树立起来的理想抱负，长安十年的蹭蹬遭际，完全熔铸在一起，写得沉痛淋漓；他的牢骚不平、愤激感慨，完全倾注于字里行间，写得深情激荡。同情人民的热肠、报效皇帝的忠心，一并呈现在读者面前，使我们看到，老杜的灵魂就是这个样子，他的进步性、局限性，时代风貌、阶级烙印，一切都清清楚楚。根据这真实的自我剖白，我们可以了解他、敬佩他，当然也可以据此批判他。没有虚伪，没有掩饰，说的都是真话、实话，当然也不一定都是正确的话。这就叫做"真"，这就叫做内心世界的忠实表达。这是杜甫的处世为人以及他的诗歌创作的一个基本的特点。

关于"厚"，我们这里只就杜诗思想内容的丰富性这一点来简单地谈谈。

做出诗来是否厚重，耐人吟咏诵读，这里牵涉的问题很多，有思想观点方面的，也有艺术技巧方面的。"厚"，要求深刻，体察入微，鞭辟入里；也要求含蓄，余音缭绕，终篇浑茫。但它的最基本之点还是要求含义的丰富性：简炼的诗句之中要包蕴丰富的内容。这在手法上也就要求高度的概括。杜甫在这方面是最为擅长的，故而，"厚"，是我们阅读杜诗的时候所得到的又一个突出的感受。

简练含蓄，这个做诗的基本要求本是人人都懂得的，问题在于如何运用于写作实践。特别是近体诗，篇有定句，句有定字，更要求每一个字都要承担起足够的分量，一首五言律诗就是四十贤人，每个字都要称得起"贤人"才行。杜甫是如何安排，使他的作品给人以厚重之感呢？我们且择其要者，举两个例子，来作些具体的说明。且看《登岳阳楼》：

> 昔闻洞庭水，今上岳阳楼。
> 吴楚东南坼，乾坤日夜浮。
> 亲朋无一字，老病有孤舟。
> 戎马关山北，凭轩涕泗流。

《登岳阳楼》是杜甫晚年飘泊两湖期间，于公元768年写的一首五言律诗。岳阳楼、洞庭湖从古以来就是著名的胜景奇观，文人墨客多有题咏，用晚一些的宋朝人的话说，那是"前人之述备矣"。杜甫登楼赋诗，又该如何下笔？请看他的前两句："昔闻洞庭水，今上岳阳楼。""昔闻"与"今上"四个字，就下得非常好，也非常巧。它已经把前人有关洞庭湖、岳阳楼的种种描述与传说统统囊括了进来，既尊重昔贤的文笔，又宣扬了胜迹的名声，不须极力铺排，却已和盘托出。"今上"二字，则说明自己登临向往已久的名胜古迹，凤愿得偿，兴奋激动，同时，又包含有暮年流荡漂泊的无限感慨在内，在写景之中注入抒情的笔墨，并引领了下文关于个人身世与国事政局的内容。类似这种手法，可以称之为虚实结合。"昔闻""今上"只是虚带一笔，而其中却包含有丰富的实际内容。

再如《蜀相》一诗：

丞相祠堂何处寻？锦官城外柏森森。

映阶碧草自春色，隔叶黄鹂空好音。

三顾频烦天下计，两朝开济老臣心。

出师未捷身先死，长使英雄泪满襟。

《蜀相》一首是杜甫的七律名作，由诸葛亮的祠堂写到这位蜀汉贤相的一生事业。其颈联云："三顾频烦天下计，两朝开济老臣心。"这两句之所以显得格外厚重，就是因为它所包容的内容异常丰富：前一句，抵得一篇《隆中对》，后一句，抵得两篇《出师表》；从三顾茅庐到白帝托孤，他与先主刘玄德的君臣遇合；从七擒孟获到六出祁山，他治蜀的政绩和北伐的功业；"天下计"言其宏图，"老臣心"表其忠贞；……老杜以外，哪个诗人曾有过这样的笔力？类似这种手法，可以称之为点面结合。指出一点，隐括全面。

虚实与点面的关系处理得好，做出诗来就会简练含蓄，读起来就会觉得有分量、有余味，这也就是关于杜诗的"厚"的一点最浅显的解释。阅读这类诗，需要读者具有较高的文化修养，知识要丰富、眼光要敏锐，这样才能透过诗句的字面，领会到其中所蕴含的丰富内容。

杜甫的诗歌博大精深，其内容"浑涵汪茫，千汇万状"，其技法毫发无憾，波澜老成。本文所谈的"真"与"厚"，不过撮其大要，即便能谈得透彻，也不过略窥其一鳞半爪而已。

霍松林

清秋幕府井梧寒，独宿江城蜡炬残。

永夜角声悲自语，中天月色好谁看？

风尘荏苒音书绝，关塞萧条行路难。

已忍伶俜十年事，强移栖息一枝安。

《宿府》是杜甫七律中的名篇之一。

唐代宗广德二年（764）六月，新任成都尹兼剑南节度使严武保荐杜甫为节度使幕府的参谋。做这么个参谋，每天天刚亮就得上班，直到夜晚才能下班。杜甫家住成都城外的浣花溪，下班后不便回家，只好住在府内。这首诗，就写于这一年的秋天。所谓"宿府"，就是留宿幕府的意思。因为别人都回家了，所以他常常是"独宿"。

首联倒装。按顺序说，第二句应在前。其中的"独宿"二字，是一诗之眼。"独宿"幕府，眼睁睁地看着"蜡炬残"，其夜不能寐的苦衷，已见于言外。而第一句"清秋幕府井梧寒"，则通过环境的"清""寒"，烘托心境的悲凉。未写"独宿"而先写"独宿"的氛围、感受和心情，意在笔先，起势峻耸。

颔联写"独宿"的所闻所见，诚如方东树所指出："景中有情，万古奇警。"而造句之新颖，也令人叹服。七言律句，一般是上四下三，这一联却是四、一、二的句式，每句读起来有三个停顿。翻译一下，就是："长夜的角声啊，多悲凉！但只是自言自语地倾诉乱世的悲凉，没有人听；中天的明月啊，多美好！但尽管美好，在漫漫长夜里，又有谁看她呢？！"诗人就这样化百炼钢为绕指柔，以顿挫的句法，吞吐的语气，活托出一个看月听角、独宿不寐的人物形象，恰切地表现了无人共语、沉郁悲抑的复杂心情。

前两联写"独宿"之景，而情含景中。后两联则就"独宿"之景，直抒"独宿"之情。

"风尘"句紧承"永夜"句。"永夜角声"，意味着战乱未息。那悲凉的、自言自语的"永夜角声"，引起诗人许多感慨。"风尘荏苒音书绝"，就是那许多感慨的中心内容。"风尘荏苒"者，战乱侵寻也。诗人时常想回到故乡洛阳，却由于"风尘荏苒"，连故乡的音信都得不到啊！

"关塞"句紧承"中天"句。诗人早在《恨别》一诗里写道："洛城一别四千里，胡骑长驱五六年。草木变衰行剑外，兵戈阻绝老江边。思家步月清宵立，忆弟看云白日眠。"好几年又过去了，却仍然流落剑外，一个人在这凄清的幕府里长夜不眠，仰望中天明月，怎能不心事重重！"关塞萧条行路难"，就是那重重心事之一。思家、忆弟之情有增无已，还是没法子回到洛阳啊！

这一联直抒"宿府"之情。但"宿府"时的心情很复杂，怎能用两句诗写完！于是用"伶俜十年事"加以概括，给读者留下了结合诗人的经历去驰骋想象的空间。

尾联照应首联。作为幕府的参谋而感到"幕府井梧寒"，这就会联想到《庄子·逍遥游》中所说的那个鹪鹩鸟来。"鹪鹩巢于深林，不过一枝"。自己从安史之乱以来，"支离东北风尘际，飘泊西南天地间"，那饱含辛酸的"伶俜十年事"都已经忍受过来了，如今为什么又要到这幕府里来忍受"井梧寒"呢？用"强移"二字，表明自己并不愿意来占这幕府中的"一枝"，而是严武拉来的。用一个"安"字，不过是自我解嘲。看看这一夜徘徊彷徨、辗转反侧的景况，能算是"安"吗？

杜甫的理想是"致君尧舜上，再使风俗淳"。然而无数事实证明这理想难得实现，所以早在乾元二年（759），他就弃官不做，摆脱了"苦被微官缚，低头愧野人"的牢笼生活。这次做参谋，虽然并非出于自愿，但为了"酬知己"，还是写了《东西两川论》，为严武出谋划策。但到幕府不久，就受到幕僚们的嫉妒、诽谤和排挤，感到日子很不好过。因此，在《遣闷奉呈严公二十韵》里，诉说了自己的苦况之后，就请求严武把他从"龟触网""鸟

清·高凤翰《草堂艺菊图》

窥笼"的困境中解放出来。读到结句"时放倚梧桐",再回头来读"清秋幕府井梧寒",就会有更多的体会。诗人宁愿回到草堂去"倚梧桐",也不愿"栖"那"幕府井梧"的"一枝";因为"倚"草堂的"梧桐",比较"安",也不那么"寒"。

仇兆鳌在《杜少陵集详注》里解释这首诗说:"此秋夜'宿府'而有感也。上四叙景,下四言情。首句点'府',次句点'宿'。角声惨栗,悲哉自语;月色分明,好与谁看:此'独宿'凄凉之况也。乡书阔绝,归路艰难;流落多年,借栖幕府:此'独宿'伤感之意也。玩'强移'二字,盖不得已而暂依幕下耳。"这意见值得参考。至于说上四句叙景、下四句言情,也只是各就主要方面加以区分的。其实,上四句虽偏于叙景,而景中有情;下四句虽重在言情,而情触景生。八句诗情景交融,构成完美的意境,令人玩味无穷。

读杜甫《丹青引赠曹将军霸》

葛晓音

将军魏武之子孙，于今为庶为清门。

英雄割据虽已矣，文采风流今尚存。

学书初学卫夫人，但恨无过王右军。

丹青不知老将至，富贵于我如浮云。

开元之中常引见，承恩数上南薰殿。

凌烟功臣少颜色，将军下笔开生面。

良相头上进贤冠，猛将腰间大羽箭。

褒公鄂公毛发动，英姿飒爽犹酣战。

先帝御马玉花骢，画工如山貌不同。

是日牵来赤墀下，迥立阊阖生长风。

诏谓将军拂绢素，意匠惨淡经营中。

斯须九重真龙出，一洗万古凡马空。

玉花却在御榻上，榻上庭前屹相向。

至尊含笑催赐金，圉人太仆皆惆怅。

弟子韩幹早入室，亦能画马穷殊相。

幹惟画肉不画骨，忍使骅骝气凋丧。

将军画善盖有神，偶逢佳士亦写真。

即今漂泊干戈际，屡貌寻常行路人。

途穷反遭俗眼白，世上未有如公贫。

但看古来盛名下，终日坎壈缠其身！

在杜甫近二十首咏画诗中，《丹青引》是最负盛名的一篇。它不仅记叙绘事堪称"古今题画第一手"（仇兆鳌《杜诗详注》引申涵光语），而且借画家一生的遭际，照见安史之乱前后世情变化之一斑，寄托了治乱盛衰的深沉感慨。

这首诗大约作于唐代宗广德二年（764）杜甫在成都

严武幕中任职期间。这时安史之乱已经平定，但是国家元气大伤，宦官专权横恣，边将外叛内侮，吐蕃屡寇河西、陇右，西北几十州在数年之间相继沦没。杜甫有一首《释闷》诗曾这样描写当时的形势："四海十年不解兵，犬戎也复临咸京。……豺狼塞路人断绝，烽火照夜尸纵横。天子亦应厌奔走，群公固合思升平。但恐诛求不改辙，闻道婴孽能全生。江边老翁错料事，眼暗不见风尘清。"对时事的极度失望使诗人越来越怀念开元盛世的太平景象，写于同一年的《忆昔》《怀旧》《丹青引》等诗都倾注着追忆往事的沉痛心情。曹霸擅长画马，成名于开元中。杜甫在另一首《韦讽录事宅观曹将军画马图歌》中也曾称赞过他的画艺。大乱之后，这位名噪一时的画家到处漂泊，后来流落到成都，勾起杜甫的无限感触，便写了这首《丹青引》赠给他。

"将军魏武之子孙，于今为庶为清门。英雄割据虽已矣，文采风流今尚存。"先从曹霸家世的盛衰说起，已寓全篇旨意所在。曹霸是曹操曾孙曹髦的后裔，曹髦擅长书画。自魏至唐，朝代几经更替，当初皇室贵胄的子孙如今早已沦为清门寒素之家。魏武三分天下的英雄业绩虽已成为历史，但他的文采风流尚后继有人。首四句起得苍莽浑涵，笔势雄健跌宕，仅用两番大起大落的对比，就从曹氏家族几百年的变迁自然地转入曹霸的书画之事："学书初学卫夫人，但恨无过王右军。丹青不知老将至，富贵于我如浮云。"这几句概括曹霸的艺术生涯和处世性格，对他的书法与绘画显然有所轩轾，但语意十分委婉。卫夫人是晋朝汝阴太守李矩之妻，右军将军王羲之少时曾向她学习书法。这里说曹霸书法虽学卫、王之体，但恨未能超过王右军的水平，实际上是微妙地暗示曹霸因书法未成名家，故舍书而工画。不过拿他和大书法家比较，即使有不足之憾也无伤大雅了。此诗虽是赠人之作，却也不肯过誉，分寸掌握得恰到好处，才显出下文对曹霸画艺的称赏并非溢美之词。画品决定于人品，诗人首先赞美的是曹霸不慕荣华富贵、终日潜心于艺术创作的高尚品格。"不知老将至"和"富贵于我如浮云"几乎是照搬《论语·述而》的原文。一般来说，多用经语容易产生浑成严重之感，但杜甫用其文而化其意，却妥当贴切，轻巧自如，不露一点痕迹，确是大家手笔。

"开元之中常引见，承恩数上南薰殿。凌烟功臣少颜色，将军下笔开生面。"开元之世，唐玄宗励精图治，士有一技之长，多有机会被引到君前，得以施展才艺。南薰殿在玄宗居住的兴庆宫内，杜甫特意提及此殿，不只为押韵方便，也暗寄着对玄宗的怀念。贞观年间，唐太宗为表彰辅佐之业，图功臣之像于凌烟阁。日久褪色，开元时重加修缮。诗人认为曹霸以一介寒庶之士经常应召入宫画图，这样特殊的恩宠只有在重才求贤的盛世才能遇到。"生面"语出《左传》："狄人归其（按，指先轸）元（按，即头），面如生。"《南史·王琳传》也有"回肠疾首，切犹生之面"的说法。因此"下笔开生面"一句含义双关，既指下笔重摹旧像，有所新创，又赞画之逼真有面色如生之感。接下四句："良相头上进贤冠，猛将腰间大羽箭。褒公鄂公毛发动，英姿飒爽犹酣战。"凌烟阁功臣二十四图，若一一叙来，必不能讨好。这里只点出良相之冠、猛将之箭两处细节，文武两班功臣的不同气质便划然分明。又在诸家功臣像中只选褒忠壮公段志玄和鄂国公尉迟敬德这两幅最有特色的画像，称其毛发如动，英姿飒爽，望去仿佛仍在拼搏厮杀，其余画像的生动也就不难揣想。这四句大笔写意，如云中之龙，仅见一鳞一爪而首尾俱在。语气粗犷不文，几乎近于白话，但与画上人物的特点极为协调。不但良相猛将的虎虎生气历历在目，曹霸质朴雄健的画风也宛然可见。

最能体现曹霸艺术独创性的还是他画马的绝技，这篇歌行着力描写的重点也在此处。所以诗人先不厌其详地渲染画成之前的气氛："先帝御马玉花骢，画工如山貌不同。是日牵来赤墀下，迥立阊阖生长风。诏谓将军拂绢素，意匠惨淡经营中。须臾九重真龙出，一洗万古凡马空。"以同一匹玉花御骢为范本，尽管画工多如山积而貌不尽同，想来天马之雄骏确非凡手可得，真马未至，先已造成此马难画的悬念。待牵来之后，只见它卓立墀下，即使处于静态，也给人以万里生风之感，又进一步点出画家要捕捉住此马轩举飞动的神采尤为不易。然后再一气写出曹霸接旨拂绢、惨淡经营、须臾而成的作画过程，抓住画成之时观众还来不及从画家的神速动作中反应过来，就顿觉天下凡马尽皆失色的最初印象，便以"笔所未到气已吞"（苏轼《王维吴道子画》）的力量烘托出"一洗万古凡马空"的气象，使画马跃然于纸上。

接着，诗人又从画成之后的艺术效果来描写画中之马的神似："玉花却在御榻上，榻上庭前屹相向。至尊含笑催赐金，圉人太仆皆惆怅。"骢马本不应站在御榻之上，一个"却"字以疑怪的语气造成画马乱真的错觉，榻上庭前两马屹立相对的奇思又使这错觉更为逼真。"屹"字与上文"迥"字照应，便从双马昂然的姿态活画出它们矫健的奇骨。"至尊"和"圉人太仆"虽是陪衬，简略的神态描绘也都切合各自的身份。玄宗虽喜而只是含笑催促赐金，确乎是帝王风度。养马的圉人与掌舆马的太仆在两马相比之下怅然若失，更是马官才有的特殊心理。这就从观者的反应巧妙地点出画马的神骏即使真马也难胜过。写到这里，诗人意犹未足，笔锋忽又一转："弟子韩幹早入室，亦能画马穷殊相。幹惟画肉不画骨，忍使骅骝气凋丧。"韩幹既是入室弟子，又能穷尽殊相，亦非凡手，然与曹霸相比，尚不能得骅骝之气骨，以宾形主，

唐·韩幹《牧马图》

更见出曹霸画艺之高超连名手亦无人能及。如此层层着色，绘形于意；句句作意，写实于空；极尽形容，不留余巧，方觉墨饱味浓，气完神足。韩幹画马形体肥壮，实际是皇帝厩马的真实写照，有其独到之处，也符合唐人普遍以丰腴为美的欣赏标准。所以《历代名画记》的作者张彦远曾批评杜甫"岂知画者"，宋代张耒也说："幹宁忍不画骥骨，当时厩马君未知。"（《柯山集》卷十三《萧朝散惠石本韩幹马图马亡后足》）但杜甫此处语带抑扬，一则是为了以韩幹画肉反衬曹霸画骨之长，二则也与他偏爱气骨峥嵘、瘦硬通神的艺术趣味有关。盛唐诗画艺术注重以形写神、寓神于形，杜甫要求脱略形似、谢肤泽而敦骨力的主张对于唐代艺术风貌的变化和发展是有重大意义的。

"将军画善盖有神，偶逢佳士亦写真。"这两句承上启下，总结曹霸之画以神似见长的特点，又从写真取材的变化引出画家的落魄："即今漂泊干戈际，屡貌寻常行路人。途穷反遭俗眼白，世上未有如公贫。"曹霸除了摹像和画马以外，也善作人物写生，绘制肖像，但要偶逢佳士才肯落笔。当初曹画之贵重正如《韦讽录事宅观曹将军画马图歌》所形容的那样："贵戚权门得笔迹，始觉屏障生光辉。"如今漂泊于战乱之时，便只能给平常的过路人画像了。空有绝艺在身而如此潦倒困苦，不但无人同情，反遭世俗白眼，这个"不解重骅骝"的"人间"（杜甫《存殁口号二首》其二）是多么冷酷和势利呵！所以诗人不禁为画家大呼不平："但看古来盛名下，终日坎壈

117

缠其身！"结尾与开头相呼应，把曹霸的荣辱和时世的盛衰相联系，寄人尽其才的希望于升平之治，这是贯穿全诗的一个重要思想。《韦讽录事宅观曹将军画马图歌》说："君不见金粟堆前松柏里，龙媒去尽鸟呼风！"喟叹人才随着玄宗的亡故和盛世的消逝而湮没，可与《丹青引》的意思互相发明。但诗人没有局限于一味怀旧，而是由此推及古往今来的才士盛名之下往往困顿失意的普遍规律，就使诗歌的境界升华到了富有现实批判意义的高度。

这首诗借丹青以赞才杰，由人事而及时事，融精辟的艺术见解于传神的咏画技巧之中。无论写人写马，只从神气着墨，不屑穷形尽貌，与曹霸画骨传神的笔意可谓相得益彰。全篇布局铺写，变化多端，纵横开阖，首尾振荡，充分体现了杜甫七言歌行淋漓顿挫、夭矫跌宕的独特风格。宋洪迈《容斋五笔》说读此等诗，可不待见画，"直能使人方寸超然，意气横出"。这种内在的精神气骨，正是杜诗千载之下犹能感奋人心的重要原因。

语淡情真　浑朴动人

——杜甫《客至》

张明非

舍南舍北皆春水，但见群鸥日日来。

花径不曾缘客扫，蓬门今始为君开。

盘飧市远无兼味，樽酒家贫只旧醅。

肯与邻翁相对饮，隔篱呼取尽余杯。

　　在我国古代表现交游的诗歌里，送别诗可说是俯拾即是，而且其中不乏脍炙人口的名篇，但描写迎客的却不多见。这个现象颇耐人寻味。我们的民族本来是极好客的一个民族，何以这一优良传统在诗歌中竟没有得到应有的表现呢？推究起来，这或许是因为前者所表现的离愁别绪往往来得比较强烈，不仅便于抒发，而且容易引起读者共鸣；而后者既难以表现又很难收到如是效果的缘故。正是在这个前人不曾大力开拓的领域里，杜甫的《客至》引起了人们的注意。整首诗既不作丝毫夸张，也不见一字雕饰，真正是明白如话，自然通脱。然而，正是诗里那对"客至"这样极为常见的生活场景的生动描绘，尤其是那透过平淡的语言所显示出来的真率淳美的人情，打动了读者，给人以美的享受。将人人都可能经历或体验过、却又非人人都能诉诸于笔墨的"境"与"情"表达得如此真切，技巧如此圆熟，正见出杜甫的大家本色。而这，也是本诗最大的艺术魅力。

此诗作于作者入蜀之初。在历尽颠沛流离之后，杜甫终于结束了长期漂泊的生涯，在成都西郊浣花溪头盖了一座草堂，暂时定居下来。此后不久，在春天的一个日子里，忽然有客来访，而且来客还是他那位做县令（即明府）的舅舅，这自然使杜甫格外欢喜。于是欣然命笔，

杜甫像

记下这次"客至"的经过，并在诗题下注明："喜崔明府相过。"

"舍南舍北皆春水，但见群鸥日日来"。诗一起便展现出一幅碧波粼粼、白鸥翩翩的明丽如画的江村春景。这两句诗写的是眼前之景，却又不止于写景，而是有着丰富的内涵。首先，它点明了时令，勾勒出作者住所的自然环境，用一个"皆"字突出了春水环绕的江村的特殊风貌。而这些，也是"客至"的时间和地点。其次，它表现了作者的情思。在饱经忧患乱离之后，来到这地僻人幽的江村，每日得以自然为伴，得与水鸟相亲，这固然使杜甫感到快慰，正如他怀着闲适恬淡的心情在《江村》一诗中所描写的："自去自来梁上燕，相亲相近水中鸥。"然而这种几乎是与世隔绝的生活久而久之，也难免使人感到寂寞。对于这样的一种心境，读者透过一个"但"字，是不难窥见其中的消息的。第三，处于孤寂之中的作者，忽遇故人相过，其内心之喜悦自不待言。所以"群鸥"一笔也是起兴，自然地引出客至。

"花径不曾缘客扫，蓬门今始为君开"。这两句从字面看，不过是正面描写客至，但细细体味，却不难发现寓于其中的言外之意。花径不扫，蓬门常关，可以想见杜甫平日的疏懒闲澹以及往时门庭的冷落，来客的稀少。至于特别点出一向懒扫的花径今日亦不曾缘客而扫，旨在说明主客之间的不拘礼数，正可见出二人关系的密切；而强调平日常关的蓬门今始为君而开，则意在表现主人对客至竭诚迎候的心情。这两句诗只通过一个不扫花径的细节和一个打开蓬门的动作，便生动地写出客至所带来的空谷足音之喜。

客至则须款待，但是"盘飧市远无兼味，樽酒家贫只旧醅"。用"盘飧""樽酒"待客已嫌粗陋，更何况"无兼味""只旧醅"，这样的招待委实简朴到极点。"市远""家贫"是互文见义，点出待客如此简陋的原因。来客尚且如此，可见杜甫平日生活的窘困。而尽管无美味珍馐相款待，作者却坦然告以实情。他在《有客》里招待"漫芳车马驻江干"的贵客，还是"百年粗粝寓儒餐"。同时，虽是"盘飧""樽酒"，在作者已是倾其所有，于此亦可见主人待客之殷勤，使作者洒脱真挚的情怀表现得更为鲜明。这一联造句也颇具特色，直是一句三折，跌宕有致。

接下去似应叙主客对酌，不料作者却轻宕笔锋，转写欲邀邻翁同饮："肯与邻翁相对饮，隔篱呼取尽余杯。"这"在文字上可说是峰回路转，别开境界"（喻守真《唐诗三百首详析》）；而在内容上却与前面有密切联系，仍是紧扣"客至"，就"客"字生情。因为有客则须陪，乃是人情之常。但这全然不是在讲究什么虚文俗套，因为这两句作探问口气，语调是那样亲切而随便，完全是主

123

随客便的口吻。然后并不作答，便戛然而止。但对方的回答是可以想见的，因为在主客间如此亲切融洽的气氛中，是不会去计较什么县令与野老的尊卑界限的。这样，从留客款待到邀邻陪客，便都具有了纯朴的田家风味，而自始至终洋溢于字里行间的则是那种村家的真率之情。

　　一次平平常常的客至，一顿简朴到不能再简朴的招待，在杜甫笔下就是这样既平淡无奇又富有情趣地呈现在读者面前。在这里，朴素的内容与朴素的形式形成完美和谐的统一。而作者所饱含的对友人的真挚情意，正是透过这平淡朴素的外壳焕发出更加动人的光采。这是一种内在的真实的美，它使一切做作和矫饰都黯然失色。中国有句俗话叫做"君子之交淡如水"，杜甫的《客至》或许可以帮助我们理解君子之间这种"淡如水"的交谊中所蕴含的深刻意义。

　　此诗乍读未必见其佳，因为它不像芳香扑鼻的醇酒，却似一杯淡淡的清茶，只有细细吟味，方可见其淳美，正是属于沈德潜所说的"味淡而终不薄"（《唐诗别裁》）的那一类。

白居易诗学杜甫一例

顾学颉

　　杜甫死后不久，就有许多大诗人向他学习，而各得其一体，变化、发展，形成自己的风格、流派。唐代的另一伟大诗人白居易就是其中的一个。他在现实主义的诗歌理论方面，明确提出要继承国风以至唐代陈子昂、杜甫的优良传统，把诗歌作为反映现实问题、揭露民生疾苦的武器，而不应以吟风弄月为能事。他不仅这样说，并且以自己的创作实践了这一理论，领导了中唐时期的新乐府诗歌运动，这里且不详说。

在诗歌的风格、技巧方面，白诗通俗易懂，明白如话，一向有"老妪能解"的传说，而与杜甫的地负海涵、千奇万变有所不同。但，这仅仅是从外表来说，如果从精神实质看，白诗有很多地方是学习杜甫的，不过面貌不同而已。这里举一首诗为例：

朝回日日典春衣，每向江头尽醉归。

酒债寻常行处有，人生七十古来稀。

穿花蛱蝶深深见，点水蜻蜓款款飞。

传语风光共流转，暂时相赏莫相违。

（杜甫《曲江》二首之二）

这首诗，前半都是写酒："典衣"、"尽醉"、"酒债"，实写酒。为什么要这样拼命喝酒呢？第四句才点明原因，因为"人生七十古来稀"！这句很重要，是本诗前半和后半的关键句：既总结了前三句，又开拓了后四句（杜甫的律诗变化多端，此亦一例；不像别人颈、腹两联多呆板死对那样）。拼命地醉酒，尽情地留连光景，而及时行乐，正是由于这个原因。在古代诗歌中，反映这种思想的作品很多，例如《古诗十九首》、三曹的诗里都有，所以就思想内容而言，杜诗也并非独创，这里只说他的写作技巧。下面，再看白居易是怎样学他的？

少时犹不忧生计，老后谁能惜酒钱？
共把十千沽一斗，相看七十欠三年。
闲征雅令穷经史，静听清吟胜管弦。

白居易像

更待菊黄家酝熟，相邀一醉一陶然。

（白居易《与梦得闲饮且约后期》）

　　杜、白两诗，都写饮酒，从外貌看，二者并不相似；但仔细一琢磨，它们不仅像，而且神情惟妙惟肖。

　　这首起句，古文作法中叫做"垫句"，是为了加强下句力量的：年少时尚且不担忧生活，经常饮酒；何况到了老年呢？轻轻一转就转到下句，又紧接"共把十千沽一斗"，作为不惜酒钱的具体说明，表示真是从少到老都爱酒。——这三句的用意、作法和杜诗相应的三句几乎没有什么不同；只是一则从较短的时间（日日）说，一则就较长的时间（从少到老）说，略有差异而已。这个差异很重要，否则就没有自己的个性了。白的第四句的意义和作用与杜的第四句几乎没有什么不同——都从人生短促方面着想，而不得不及时饮酒行乐（这种思想对不对，是另一问题，这里不谈）。并且，都以"七十"为计算的中心标准：一个说，一般人活到七十岁的很少；一个说，自己距离七十岁仅欠三年，表明时间无多，再

位于洛阳的白居易故居

不饮酒就来不及了。白诗这句，还有另一层含义：他和刘梦得同年生，"相看"二字，贴切刘、白二人的年龄情况，与杜诗的"七十"句作一般规律立论还稍有不同。有人说，白的这一句是神来之笔，颇有道理（古文作法中有所谓"横接"，杜、白的第四句，略近横接）。"十千沽一斗"和"七十欠三年"，外在毫不相干，内在联系却紧密之至，这就是它的妙用。

腹联，杜诗写外景；白诗写自况。结句，杜诗留连风光，白诗预期重饮——也都是为了及时行乐，不过一个在眼前，一个在稍后而已。

对看两诗，白之学杜，神情酷似，可说学到了化境；虽然学，但仍保持了自家的面貌风神，此大家之所以为大家也欤？

白居易青年时期写过一首五律《赋得古原草送别》，为他赢得了声名。诗是这样的：

离离原上草，一岁一枯荣。

野火烧不尽，春风吹又生。

远芳侵古道，晴翠接荒城。

又送王孙去，萋萋满别情。

《唐摭言》卷七云："白乐天初举，名未

振，以歌诗谒顾况。况谑之曰：'长安百物贵，居大不易！'及读至《赋得原上草送友人》诗曰：'野火烧不尽，春风吹又生。'况叹之曰：'有句如此，居天下有甚难！老夫前言戏之耳。'"《幽闲鼓吹》《唐语林》《北梦琐言》《能改斋漫录》《全唐诗话》等书都有类似的记载，从而扩大了这首诗的影响。

这首诗，因题前有"赋得"二字，或以为是作者"练习应试的拟作"；笔者也曾持此说。但仔细考虑，感到这种说法不很确切。唐代进士科考试中的诗题，有时的确加"赋得"二字。例如白居易本人贞元十六年在中书侍郎高郢主试下以第四名中进士，试《玉水记方流》诗；与他同科登进士的郑俞、吴丹、王鉴、陈昌言、杜元颖等人，各有一首《赋得玉水记方流》，收入《全唐诗》卷四六四。但这种应试诗，按照规定，是五言六韵（十二句）的排律。白居易如果为了"练习应试"而"拟作"，必然严格遵照规定。可是《赋得古原草送别》并非五言六韵的排律，而是五言四韵的律诗。

事实上，题前加"赋得"与否，跟是否是应试诗没

五代·关仝《关山行旅图》

有必然联系。早在南北朝时期，就有"赋得"诗。初唐陈子昂有一首诗，题目是《魏氏园林人赋一物，得秋亭萱草》。《全唐诗》中，类似的诗题相当多，卷二五二开头有一首刘太真的《宣州东峰亭各赋一物，得古壁苔》，题下注明与袁傪等八人"同赋"。这八人的诗，也收在后面，题目均与刘诗相似，如《东峰亭各赋一物，得岭上云》《……得垂涧藤》等。可以想见，九人在东峰亭相会，提出"各赋一物"，于是大家先拟了九个题，然后"分题"。《沧浪诗话·诗体》云："古人分题，或各赋一物，如云送某人分题得某物也。"题怎么分，当然可以用拈阄之类的办法，"分题"又叫"探题"，就表明了这一点。由此可见，所谓"赋得"，是"赋"诗得"题"的意思。得到什么题，当然由人限定，没有固定的框框，但最常见的"赋得"诗，则主要有两类：一类是取前人成句为题，如梁元帝的《赋得兰泽多芳草》，骆宾王的《赋得白云抱幽石》等。另一类是咏物，如陈后主《七夕宴宣猷堂，各赋一韵，咏五物自足为十物，次第用得帐、屏风、案、唾壶、履》及上述"各赋一物"等。至于体裁，则并无限制。但其中五律占大多数。

这两类"赋得"诗，都有很多是用来"送别"的。白居易的《赋得古原草送别》，即属于后一类。为了较好地把握这首诗的特点和优点，不妨引一些同类的诗略作比较。

刘孝孙《赋得春莺送友人》：

> 流莺拂绣羽，二月上林期。
>
> 待雪消金禁，衔花向玉墀。
>
> 翅掩飞燕舞，啼恼婕妤悲。
>
> 料取金闺意，因君问所思。

钱起《赋得归云送李山人归华山》：

> 秀色横千里，归云积几重。
>
> 欲依毛女岫，初卷少姨峰。
>
> 盖影随征马，衣香拂卧龙。
>
> 只应函谷上，真气日溶溶。

戴叔伦《赋得古井送王明府》：

古井庇幽亭，涓涓一窦明。

仙源通海水，灵液孕山精。

久旱宁同涸？长年只自清。

欲彰贞白操，酌献使君行。

从题目上，这类诗总的特点是咏物加送别。因此，评论这类诗，既要看咏物的艺术水平如何，又要看咏物与送别结合得是否自然，有无浓郁的诗意、诗情、诗味。

咏物诗，当然要咏什么像什么。读者不看题，只看诗，就能准确无误地知道它咏的是什么。

但这只解决了"形似"的问题，进一步，还应该以形传神，形神兼备。杜甫的许多咏物诗，不离咏物，又不徒咏物。每咏一物而物理物情毕现。而表现物情物理，又凝结着对于人情世态的深刻体验和作者的意趣情态，故不仅体物精湛，而且寓意深远，自然是咏物诗的上乘。至于前面所引的那些"赋得"诗，由于要和"送别"结合，就在很大程度上局限了题材的广阔性和主题的深刻性，不能用杜甫的咏物诗所达到的高度来衡量；但在同样的局限下，正可以因难见巧，充分显示作者的艺术才华。让我们从比较的角度，谈谈那几篇"赋得"诗。

刘孝孙的一首五律，以六句咏"春莺"，可"春莺"的形象却并未写出，更谈不上传神。至于"衔花向玉墀"和"翅掩飞燕舞"，虽有形象，却不近情理："春莺"怎能飞向皇宫的"玉墀"，并用它的"翅"去"掩"赵飞燕的"舞"呢？看来作者所"送"的那位"友人"正要赴京入朝，因而咏"春莺"，也就得硬要它飞进皇宫。接下去的两句，"飞燕舞"写宫廷妇女中的得宠者，"婕妤悲"则写失宠者；而作者的真正用意，还在于用宫廷妇女的命运比拟朝士们的命运。因而以"料取金闺意，因君问所思"收束全诗，寄托了对于他们命运的关怀。应该说，命意还比较高，但体物不精，而且与送别结合得颇嫌牵强。钱起以四句诗咏"归云"，山、云兼写，展现了云归华山的动景，算是不错的。但接下去的四句诗写"李山人归华山"，却与前四句写云归华山之间没有必然的联系。

明·杜堇《宫中图》（部分）

尾联用"紫气东来"的典故，只能说明李山人是从函谷关以东回华山的，而"紫气"毕竟是"气"，不是"云"。戴叔伦的《赋得古井送王明府》则比较出色。唐代以"明府"称县令。送人去做县令，怎样和咏"古井"结合起来呢？乍想很难着笔，但作者却处理得相当好。他希望王明府做一个有"贞白"节操的地方官。作者通过咏"古井"之水，含蓄婉转地表达出这种希望：你看这古井之水多么明澈、多么贞洁、多么清白呀！我为了要表彰它，所以酌一杯献给你，送你走马上任。临别赠言，情意甚殷，咏物与送别融合无间，是同类作品中的佳作。

现在再看白居易的《赋得古原草送别》。

《楚辞·招隐士》云："王孙游兮不归，春草生兮萋萋。岁暮兮不自聊，蟪蛄鸣兮啾啾。"是说从"春草生"到"蟪蛄鸣"，已将一年，王孙还远游未归！"王孙"犹言"公子"，指贵族，但从此以后，往往把"春草"和"送别"联系起来，而"王孙"，也就成了游子的别称。谢灵运《悲哉行》："萋萋春草生，王孙游有情。"王勃《守岁序》："王孙春草，处处争鲜。"这样的例子，多得不胜枚举。江淹的《别赋》也没有忘记"春草"："春草兮碧色，春水兮渌波，送君南浦，伤如之何！"但所有这些例子，都写得很简单，未能很好地把春草和别情有机地结合起来，创造出完整而丰满的意象。而白居易的诗，在这一点上却有明显的突破。

题目是《赋得古原草送别》，因而先写古原草，后写送别；但写古原草而别情已寓其中。第一句以"原上草"点题，前加"离离"作定语，形容"原上草"稠密、茂盛，与次句的"荣"和末句的"萋萋"呼应。次句"一岁一枯荣"虽然"荣""枯"并举，却落脚于"荣"，表明在诗人的审美意识中，"荣"是主要的、本质的。据说从前有人因战败而草疏请求援兵，讲到"屡战屡败"，另一人则改为"屡败屡战"。二者所叙述的事实是相同的，但后者却显出士气的旺盛。春"荣"冬"枯"，这是"原上草"的特点。诗人颠倒"一岁"之中先"荣"后"枯"的顺序，既表现了"原上草"顽强的生命，又在读者面前展开了春草"离离"、一望无际的画卷。次联出句"野火烧不尽"承"枯"，对句"春风吹又生"承"荣"。就字面看，两相对偶，铢两悉称；但就意义看，却一气奔注，上下贯通，讲的都是"原上草"，而重点归到下句，与第二句"荣""枯"并举而重点归到"荣"契合无间。第三联，就"春风吹又生"作尽情的描绘。出句从嗅觉方面落墨："远芳"，即传播得很远的香气；这香气，从"原"上散发，直侵入伸向天边的"古道"。对句从视觉方面着笔：

"晴翠"，即阳光下闪亮的绿色;这绿色,从"原"上延展,直连接遥远的荒城。十个字,把经受野火焚烧的"原上草"写得何等色香兼美、气势磅礴!

以上六句赋"古原草",似与"送别"无关。但一读第七句"又送王孙去",就感到前面所写的"萋萋"之草,立刻充满"别情"。眼前是"古原",而"王孙"一去,不是首先要穿过那"古原"吗?"原上草"的"远芳侵古道","王孙"不是也要随着"远芳"踏上"古道"吗?"原上草"的"晴翠接荒城","王孙"不是也要随着"晴翠"走向"荒城"吗? 诗中有两个"又"字,看来是有意的重复。"原上草"一岁一枯,而"春风吹又生",循环不已。每当"原上草""春风吹又生",就"又送王孙去",也循环不已。就这样,作者把咏物和送别多层次、紧密地结合起来了。

前六句,以"原上草"作主语,一气贯串,脉络分明。接着以"又送"转入"送别",又以"萋萋"照应首句的"离离",回到"原上草"。章法谨严,天衣无缝。同时,诗中紧扣题目中的"古"字。首先,原上之草"一岁一枯荣",岁岁如此,已见得那"原"是"古原"。第五句又特意用"古道";原上的道路既"古",则"原"安得不"古"？"赋得"诗，是要求紧扣题目的。当然，紧扣题目的，不一定是好诗。而这首诗，却扣题既紧，又生动活泼，意象完美。

古原上的野草春荣冬枯，冬枯之时往往被野火烧掉。这一切，都不会引起人们的注意，更不会激发诗人的美感。白居易却不然，他抓住了这些特点，并以他独特的审美感受进行了独特的艺术表现，突出了野草不怕火烧、屡枯屡荣的顽强生命力，并以"远芳""晴翠"这样美好的字眼，把它的气味、色彩写得那样诱人。因此，虽然说"萋萋满别情"，但并不使人感到"黯然销魂"。试想，当"王孙"踏着软绵绵的春草而去的时候，"远芳"扑鼻，"晴翠"耀眼，生意盎然，前途充满春天的气息，他能不受到感染吗？

这首诗通体完美。其中的"野火烧不尽，春风吹又生"一联，对仗工稳而气势流走，充分发挥了"流水对"的优点。它歌颂野草，又超出野草而具有普遍意义，给人以积极的鼓舞力量。蔑视"野火"而赞美"春风"，又含有深刻的寓意。它在当时就受到前辈诗人的赞赏，直到现在还常被人引用，并非偶然。

绝妙山水　不朽诗章

——白居易《钱塘湖春行》

廖可斌

　　世间有一种美妙不过的事情，那就是天才诗人与奇妙山水的遇合。碧水青山本是大自然的杰作，但它就像养在深闺的处子，有待天才诗人去发现。天才诗人才高八斗，锦心绣肠，但他们涌泉般的才思必须找到一个最佳喷发口。前者一直在默默等待，后者也在苦苦寻觅。一旦他们相遇合，碧水青山将成为激发诗人创作激情和灵感的绝好对象，而天才诗人也将以与世人不同的慧眼灵心和生花妙笔，发现并生动传神地描绘出它的绝世风姿。于是，作为他们美满结合的结晶，璀璨夺目的诗章诞生了。因此，天才诗人与奇妙山水的遇合，实在是山水的幸事，诗人的幸事，也是诗坛及后世读者的幸事。

唐代著名诗人白居易与杭州著名的西湖之间，就曾有过这样一段姻缘。穆宗长庆二年（822），因国事日非，朝中朋党倾轧，屡次上书又不被理睬，正任中书舍人的白居易请求外任，被出为杭州刺史。已值"知天命"之年的白居易，不再是那个"唯歌生民病，愿得天子知"的愤激青年了，他的人生态度多了一份恬淡、超然与从容，从而有了更适宜的心情静观世事、领略山水、品味人生。

对于杭州，白居易并不陌生。青少年时代，因河南家乡藩镇战乱不休，他曾南下投奔在杭州做县尉的堂兄，在这里生活过一段时间。这段早年时种下的情愫，使他对杭州除了向往之外，更多了一份亲切感。三十多年过去了，西湖畔的一花一木都还风景如旧否？这一切无疑一直在令他梦魂萦牵。出刺杭州的任命，对他来说可谓正中下怀。他怀着极其轻松喜悦的心情赴任，途中就写下了《暮江吟》(一道残阳铺水中)这样的写景佳制。到杭州后，他更是诗兴大发，留下了一系列描绘这里佳丽风光的不朽佳作，《钱塘湖春行》就是其中之一：

孤山寺北贾亭西，水面初平云脚低。

几处早莺争暖树，谁家新燕啄春泥。

乱花渐欲迷人眼，浅草才能没马蹄。

最爱湖东行不足，绿杨阴里白沙堤。

此诗当作于长庆三年（823）春。白居易于上年年底到达杭州，大约有许多公务急需交接处理，加上西湖的冬景毕竟稍逊其他季节的景致，所以白居易没有留下游赏之作。好不容易等到第二年春天来临，大自然才刚刚吐露出些许春的消息，白居易就迫不及待地来到了西湖边。

全诗第一句交待了诗人观赏西湖的立足点，也是诗人此次"春行"的起点，为以下整个画面的展开确定了角度。"孤山"在西湖的里湖与外湖之间，因与其他山不

宋·夏圭《西湖柳艇图》

相连接,故名。据五代王谠《唐语林》卷六:"贞元(785—804)中,贾全为杭州,于西湖造亭,为'贾公亭'。"白居易此次春行距贾全造亭不过二十余年,"贾公亭"当还存在,但现在已难觅它的踪迹。据白居易此诗,则贾公亭大致也在孤山的西北侧,则白居易此行的起点大约在今里西湖西岸的北山路中段。到过西湖的人都知道,这是观赏西湖景致的绝佳角度。从这里人们的视线可作扇面延伸,既能一目了然地看清里西湖,又可透过白堤看到外西湖更开阔澹远的湖面,有近有远,虚实相参,西湖的美景可尽收眼中。

第二句是总写。诗人来到湖边,首先自然是放眼四望,以求对西湖此时的景象有一个完整把握。只见春水方生,湖面一改冬日的浅涸,变得满满荡荡,似蕴含着无限生机。"初平"不一定最满,但意味着它方兴未艾,还有一种继续上涨的势头,这是比已达到稳定的饱和更能唤起观赏者兴奋之情的景象。因为事物最美好的时光不一定是它达到盛满状态的时刻,而往往在于它蓬勃向上之时。云脚低垂也正是春天特有的景象,它似乎随时都有可能需然作雨，催生万物。总之，春天来了，大自然的一切都从冬眠中苏醒过来，都变得那么活跃，那样时刻滋生着变化。

更值得玩味的是诗人的笔法。无论是交待观赏的立足点，还是总体描绘湖上景象，他都不是呆板地描叙。写位置，他忽北忽西；写景致，他忽高忽低。左右变幻，上下呼应，跌宕多姿，隐约透露出诗人既兴奋又闲暇、既深情又从容的观赏心态，并为全诗定下了轻松活泼的情感基调。

如果说首联是长镜头似地总写西湖的山寺云水，那么颔联则是目光收回，进行局部特写，着意刻画早春西湖的花鸟。诗人仍然不作呆板静止的描绘，而是换以疑问的语气出之。写早莺争树，问"几处"，可见不是处处；写新燕啄泥，问"谁家"，可见不是家家。这不仅极有分寸地准确描绘了早春时节特有的景色，而且诗人自身那忽为争树的早莺所迷、忽而又为掠过的燕子所吸引、完全沉浸在这一派莺歌燕舞的早春景色中、时惊时疑、时喜时笑的姿态神情，也栩栩如生地展现在读者目前。方东树评此诗"象中有兴,有人在,不比死句"（高步瀛《唐宋诗举要》），是深得此中三昧的。

颈联两句,诗人将目光再次稍稍推开,有似中距离的观照,转而重点写早春西湖的花草。上联中的莺燕是灵巧飞动的,而诗人则基本不动,在那里左顾右盼,四处打量。本联中花草是静止不动的,而诗人仍不肯作静止的描写。他反客为主,让自身动起来,走马观花,于是不动的花草也动了起来。不了解诗人与景物之间这一动与不动位置的变化,就不能理解花为何是"乱花",花怎能迷人眼;为何是"浅草"来"没""马蹄",而不是"马蹄"踏"浅草"。其实花并不"乱",也没有有意来迷人眼,这只是诗人骑马一路穿行而产生的主观感觉。前四句画面中的景物都是动的,但整个画面本身没有动。这一联则画面中的景物基本不动,而整个画面快速切换,构成一种动静交错之致。同时,"渐欲""才能"与"初平"等相呼应,再次突出了早春景色的特点。

尾联两句,诗人将视线重新推向远处的白沙堤和湖东,描绘西湖的总体轮廓,以与首联相照应,使全诗的内容更加完足。如果说前六句都是实写，那么这两句是虚写;如果说前六句是景中含情，那么这两句是情中有景。诗人终于抑制不住心中的喜悦依恋,坦言自己的"最爱"。同时，它也将读者的目光引向一个更广阔的境界，那里堤痕隐约，绿树掩映，一切是那样的清丽，又带着一层朦胧。读者在欣赏前面各种景致的基础上，可以发挥自己的想象力，展开丰富的联想。虚实相生，全诗的意境得到了拓展。

我们能够分析的是此诗的技法，诗人也很可能或经过精心的谋篇布局、或不假思索地运用了这些技法。但仅靠技法写不出好诗。白居易对大自然的无比热爱和不朽才思与西湖美丽风光的美满结合，是作为歌咏西湖最优美乐章之一的这首诗歌问世的根本原因。杭州西湖名闻天下，与众多文人学士对她的动人赞美是分不开的。在这些行列中，我们忘不了白居易，也不会忘记这首《钱塘湖春行》。

解读白居易《思子台有感二首》

《旧唐书·白居易传》云："为当路者所挤……惟以逍遥自得，吟咏性情为事。"《新唐书·白居易传》云："为当路所挤……乃放意文酒。"不完全符合白氏后期的心态。白居易的诗集，前期以讽谕、闲适、感伤分类，后期以律诗、格诗歌行杂体、半格诗分类，论者以为白氏后期无意于讽谕，也不完全符合白氏后期的创作实际。刘师培《读全唐诗发微》中指出白居易《思子台有感二首》

有"刺"，实为卓见。刘氏文简，特撰此篇，予以发挥：从白居易晚年写《思子台有感二首》，可以说明白氏后期仍关心国事，有讽谕诗；将此诗与郑还古《望思台》、许浑《读庾太子传》、温庭筠《四皓》三诗进行比较，可以说明白氏政治见解较高于郑、许、温三诗人：

凡题思子台者，皆罪江充，予观祸胎，不独在此，偶以二绝句辨之：

曾家机上闻投杼，尹氏园中见掇蜂。

但以恩情生隙罅，何人不解作江充？

暗生魑魅蠹生虫，何异谗生疑阻中？

但使武皇心似烛，江充不敢作江充。

(白居易《思子台有感二首》)

谗语能令骨肉离，奸情难测事堪悲。

何因掘得江充骨，捣作微尘祭望思。

(郑还古《望思台》)

佞臣巫蛊已相疑，身没湖边筑望思。

今日更归何处是，年年芳草上台基。

（许浑《读庆太子传》）

白、郑、许三诗之典为：《汉书·武五子传·庆太子刘据》："元狩元年立为皇太子。""武帝末，卫后宠衰，江充用事。充与太子及卫氏有隙，恐上晏驾后为太子所诛，会巫蛊事起，充因此为奸。是时，上春秋高，意多所恶，以为左右皆为蛊道祝诅，穷治其事。""充典治巫蛊，既知上意……充遂至太子宫掘蛊，得桐木人。""太子急……乃斩充以徇"，"太子之亡也，东至湖……自经"。"久之，巫蛊事多不信"，"上怜太子无辜，乃作思子宫，为归来望思之台于湖。天下闻而悲之"。

刘师培云：白居易、郑还古、许浑诗"均刺文宗之废立，兼悼太子之沉冤"（《刘申叔先生遗书·左盦外集·读全唐诗发微》）。以刘氏之说，白、郑、许三诗之典为：

《旧唐书·文宗二子传·庄恪太子永》："时传云：太

明·陈洪绶等《南生鲁四乐图》（局部）

子德妃之出也，晚年宠衰。贤妃杨氏，恩渥方深，惧太子他日不利于己，故日加诬谮，太子终不能自辨明也。太子既薨，上意追悔。（开成）四年，因会宁殿宴，小儿缘橦，有一夫在下，忧其堕地，有若狂者。上问之，乃其父也。上因感泣，谓左右曰：'朕富有天下，不能全一子。'遂召乐官刘楚材、宫人张十十等责之，曰：'陷吾太子，皆尔曹也。今已有太子，更欲踵前耶？'立命杀之。"

　　《资治通鉴》卷二四六《唐纪六十二》："太子永之母王德妃无宠，为杨贤妃所谮而死。太子颇好游宴，昵近

小人，贤妃日夜毁之。（开成三年）九月壬戌，上开延英，召宰相及两省、御史、郎官，疏太子过恶，议废之，曰：'是宜为天子乎？'群臣皆言：'太子年少，容有改过，国本至重，岂可轻动！'御史中丞狄兼謩论之尤切，至于涕泣。给事中韦温曰：'陛下惟一子，不教，陷之至是，岂独太子之过乎！'癸亥，翰林学士六人、神策六军军使十六人复上表论之，上意稍解。……太子永犹不悛，（十月）庚子，暴薨，谥曰庄恪。"

《资治通鉴考异》卷二一《唐纪十三·（开成三年）十月太子永暴薨》："按文宗后见缘橦者而泣曰：'朕为天

子，不能全一子！'遂杀刘楚材等，然则太子非良死也。但宫省事秘，外人莫知其详，故《实录》但云'终不悛过，是日暴薨'。"

孝萱按：将白居易、郑还古、许浑诗与史书对照研究，三诗人皆以汉武帝之戾太子刘据冤死影唐文宗之庄恪太子李永冤死，但郑云"谗语能令骨肉离"，许云"佞臣巫蛊已相疑"，只罪江充，而白认为"祸胎"不独在江充，主要是汉武帝（影唐文宗）暗而不明。白"但以恩情生隙罅"句，表面上说卫后宠衰才有江充诬陷戾太子之事，实际上说王德妃宠衰才有杨贤妃谮庄恪太子之事，见解高于郑、许。

商於角里便成功，一寸沉机万古同。

但得戚姬甘定分，不应真有紫芝翁。

（温庭筠《四皓》）

刘师培云，此诗"刺文宗之废立，兼悼太子之沉冤"（《刘申叔先生遗书·左盦外集·读全唐诗发微》），是。

刘氏语简，今为补正如下：

《史记·留侯世家》："汉十二年，上……疾益甚，愈欲易太子。……及燕，置酒，太子侍。四人从太子，年皆八十有余，须眉皓白，衣冠甚伟。上怪之……四人前对，各言名姓，曰东园公，角里先生，绮里季，夏黄公。上乃大惊……召戚夫人指示四人者曰：'我欲易之，彼四人辅之，羽翼已成，难动矣。吕后真而主矣。'……竟不易太子者，留侯本招此四人之

五代·卫贤《高士图》

157

力也。"

《汉书·外戚传·高祖吕皇后》:"后汉王得定陶戚姬，爱幸，生赵隐王如意。……戚姬常从上之关东，日夜啼泣，欲立其子。……高祖崩，惠帝立，吕后为皇太后……遂断戚夫人手足，去眼熏耳，饮瘖药，使居鞠域中，名曰'人彘'。"

孝萱按：将此诗与史书对照研究，温庭筠以汉戚夫人煽动高祖易太子刘盈（惠帝），影唐杨贤妃向文宗谮太子李永。汉有四皓辅刘盈，戚夫人失败；唐无四皓辅李永，杨贤妃得逞。戚夫人与杨贤妃之结局虽异，而心术相同。温庭筠借古言今，刺戚夫人即刺杨贤妃。如无杨贤妃指使，乐官官人等怎敢陷太子呢！

比较白、郑、许、温四诗，一类咏汉武帝、卫后、江充、戾太子，一类咏汉高祖、吕后、戚夫人、太子（惠帝）。郑还古、许浑罪江充，不如温庭筠刺戚夫人（影杨贤妃）贴切；温刺戚夫人，不如白居易讥汉武帝（影唐文宗）深刻。"但使武皇心似烛"句，指出要害：如唐文宗不信谗言，杨贤妃怎能得逞呢！

六言绝句一体，整个唐代作者寥寥。时代较早而且写得比较成功的当推盛唐诗人王维的《田园乐七首》，其第六首云：

桃红复含宿雨，柳绿更带春烟。

花落家童未归，莺啼山客犹眠。

在鲜妍清新的画面中流动着隐居田园的高人恬然自适的生活情趣，堪称诗中有画。

中唐诗人顾况的这首《过山农家》，同样饶有画意，却是地道的山村风光、农家本色，于质朴清淡的笔墨中含有一种真淳的生活美：

板桥人渡泉声，茅檐日午鸡鸣。

莫嗔焙茶烟暗，却喜晒谷天晴。

诗大约作于诗人晚年隐居润州延陵大茅山期间。题内"过"字，是访问的意思。

前两句是各自独立而又紧相承接的两幅画图。前一幅"板桥人渡图"，画的是山农家近旁的一座木板小桥，桥下有潺湲的山泉流淌，桥上有行人经过。"人渡"与"泉声"，分写桥上桥下，本属二事，"人

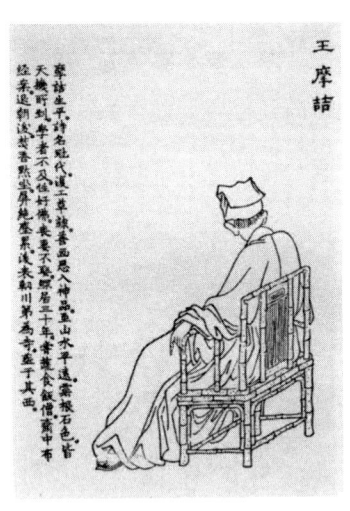

王维像

渡泉声"，仿佛无理，却真切地表现了人渡板桥时满耳泉声淙淙的新鲜喜悦感受。诗中有画，这画便是仿佛能听到泉声的有声画。画中的行人，实即诗人自己。大约是由于目接耳闻莹澈锵鸣的水色泉声，恍忽置身画图之中，落笔时便不知不觉将自己化为画中人了。抒情的主体融入客体，成了景物的一部分。这句写山农家附近的环境，"板桥""泉声"显示山居的特点，"人渡"暗点"过"字。

后一幅"茅舍午鸡图"，正写"到山农家"。茅檐陋舍，是"山农家"本色；日午鸡鸣，仿佛是打破山村沉静的，却更透出了山村特有的静寂。在温煦的正午阳光照耀下，茅舍静寂无声，只偶尔传出几声悠长的鸡鸣。这就把一个远离尘嚣、全家都在劳作中的山农家特有的气氛传达出来了。"农月无闲人，倾家事南亩"（王维《新晴野望》），这里写日午鸡鸣的闲静，正是为了暗透闲静后面的忙碌。从表现手法说，这句是以动衬静，以声显寂；从内容的暗示性说，则是以表面的闲静暗透繁忙。三四两句，便直接写到山农的劳动上来。

"莫嗔焙茶烟暗，且喜晒谷天晴。"这两句一般都理解为山农对诗人表示歉意的话，意思是说，您别怪罪屋里因为烧柴烘烤茶叶弄得乌烟瘴气，将就着在破茅屋里歇歇脚，可喜的是今天出了大日头，场上的谷子正好趁晴翻晒，实在分不开身来招待您。这当然也能见出山农的淳朴好客和雨后初晴农家的繁忙，而且神情口吻毕肖。不过，理解为诗人对山农说的话也许更符合题意，更富情味。诗人久居山中，跟附近这一带的山农已经相当熟悉。当他信步闲游，来到这一户山农家时，主人因为焙茶烟雾弥漫，不免有些歉意，诗人则用轻松幽默的口吻对他说：别气恼焙茶烧柴弄得烟雾腾腾的了，可喜的是今天雨后新晴，正好翻晒谷子呢。乍一看，三四两句之间似无必然联系，细加寻味，便可发现它们都统一在雨后新晴这一特定的天气背景上。久雨茶叶返潮，需用微火烘烤；而雨后新晴，空气湿度较大，茅屋里的烟雾透不出去，故有"焙茶烟暗"的现象。但雨后放晴，正可晒谷，故说"却喜晒谷天晴"。不熟悉农家生活、农民心理，说不出这样本色的农家语。诗人虽只随口道出，略不经意，却生动地表现了他跟山农之间那种不拘形迹、融洽无间

佚名《饮茶图》

的关系，让人感到他并不是山农茅舍中陌生的尊贵来客，而是跟这个环境高度契合的"此中人"。从题目与内容的关系看，首句是过访途中情景。次句正写到山农家所见所闻，三四句进一步写诗人与山农不拘形迹地聊家常，全篇都紧紧围绕"过"字写抒情主人公的活动，语意一贯，顺理成章。而首句"泉声"暗示雨后，次句"鸡鸣"逗下"天晴"，更使前后幅贯通密合，浑然一体。

清新明丽的山村风光，闲静而繁忙的劳动生活气息，质朴真淳的相互关系，亲切家常的农家语言，这一切高度和谐地统一在一起，呈现出一种淳厚真朴的生活美。这正是这首短诗艺术魅力之所在。

六言绝句，由于每句字数都是偶数，六字明显分成三顿，天然趋于对偶骈俪、工致整饬，绝大多数对起对结，语言较为工丽。顾况这首六言绝句虽也采取对起对结的格式，但由于纯用朴素自然的语言进行白描，前后幅的句式与写法又有变化，读来便丝毫不感到单调板滞，而是显得轻快自如。诗的内容和格调呈现出高度的和谐。

暂且撇开诗人和诗题，先来体验一下这首短诗本身，它给予我们的会是什么样的感受：

独怜幽草涧边生，上有黄鹂深树鸣。

春潮带雨晚来急，野渡无人舟自横。

春光美好，万物竞生。可是，诗人无心到那万紫千红的热闹去处，偏独怜爱幽静涧

韦应物像

边的绿草，独自走到山涧边来寻闲探幽。对于幽草的这种爱怜，后来的许多诗人都有类似的体验，例如宋人王安石就有"绿阴幽草胜花时"（《初夏即事》）这样的诗句。

山涧里是一番什么景象呢？山涧之上，树丛深处，只听得黄鹂鸟在林荫中发出啼鸣之声。黄鹂啼鸣，应是有声，却更衬托出了山涧的幽静。"蝉噪林逾静，鸟鸣山更幽"（王籍《入若耶溪》），蝉噪、鸟鸣，益显山林之静，也许有人都有过这种类似的体验。"芳草无人花自落，春山一路鸟空啼"（李华《春行寄兴》），也是以"花自落""鸟空啼"来反衬春山的幽静无人。

涧边是这么幽静。夜幕渐渐降临，忽然风云突变，骤来一阵急雨，登时涧水猛涨，春潮带着雨水，汹涌而来。一个"急"字，写出了春潮和阵雨打破了山涧的宁静，呈现出一番飞动流转之势。然而，在这飞动流转的景象背后，衬托出诗人悠闲、宁静的心境。诗人虽未直接出现于画面，却使人感到，诗人从容不迫、悠然自得地在观赏着眼前的这番景象。

既已薄暮，阵雨又兼潮涨，山涧边早已没有行人，那本来就很荒凉的古渡口头，已是无人来渡，于是，只见渡船横在渡口水面，随着潮水晃荡，任其随波逐流。读到这里，不由得使人心旷神怡，如临其境，陶醉于这奇妙的境界之中。

好诗毋需多作解，明白如画心易领。我们常赞一些好诗是诗中有画。这首诗确实就像画一样，画出了山涧雨景。"春潮带雨晚来急，野渡无人舟自横"二句尤佳，动静交错，绘声绘色，野渡雨景，历历在目，读后使人赞叹，令人叫绝。后人也曾写过类似情景，如宋人苏舜钦《淮中晚泊犊头》中就有"晚泊孤舟古祠下，满川风雨看潮生"之句，诗人从孤舟中看雨中潮涌，写的是舟中所见，风雨孤舟看潮生，另有一番诗意。但我读来，总觉不如"春潮带雨晚来急，野渡无人舟自横"。这是不是因为此诗是写涧边所见，角度不同之故？不见得。个中奥妙，颇可玩味。

那末，这首短诗妙在哪里呢？

诗中有画固然佳，但若诗中只有画却并不值得称道。诗并不等同于画，诗终究还要有自己的特点，要有"诗情"。其实，画也不能照搴对象，要有"画意"。诗情画意，这才是诗画的灵魂。只是诗比起画来，更擅长于抒情。诗画相通而又相异，诗中有画当然好，但不能停留于画，必须通过描绘更好地抒情，创造出意境，使诗更有情趣，意蕴更深。

这首短诗确实如画，但诗人通过如画的描绘，创造出了一个深远的意境，融进诗人对于人生的深切体验，富有情趣。在诗里，涧边幽草，深树鹂鸣，春潮晚雨，荒江野渡，这些景物、场面缀合起来，构成一个意境，寄寓了诗人向往自然、寻求宁静的心情。诗人韦应物，唐代中期山水田园诗的著名代表，曾任滁州、江州、苏州等处刺史，世称"韦苏州"。一个久处官场的文人，饱经风霜，宦海浮沉，对于那些送往迎来、应答酬唱的生活感到厌倦，想要脱离繁华的嚣尘，追求自然幽静的生活境界。"独怜幽草涧边生"，寻找的正是这样的意境。这样的意境不仅扣动着古人的心弦，而且也吸引着想在自然里获得更大自由的今人，尽管为这种意境所陶醉的社会原因、具体内容会有所不同。

诗题标为《滁州西涧》，这里所说的西涧，当是安徽滁州城西的那个，俗名上马河。诗人作此诗，正是在滁州刺史任内。但前人曾有所怀疑，认为此西涧非即滁州之西涧。清人王渔洋在《皇华纪闻》中说及："昔人或谓西涧潮所不至，指为今天六合县之芳草涧，谓此涧亦以韦公诗而名；滁人争之。"诗作出了名，诗人成名人，就会出现为本乡本土争名的现象，看来这不自今日始，历来就有。我既没有到过滁州西涧，也未去过六合芳草涧，

五代·董源《溪岸图》

无从考证哪处曾经有潮，韦应物是否在涧边遇到了阵雨春潮。不过，诗境可以借助诗人的想象来创造，不必定要依样摹写，正如王渔洋所说："余谓诗人但论兴象，岂必以潮之至不至为据，真痴人前不得说梦耳！"以唐人宋之问《题大庾岭》诗中"江静潮初落"一句为例，渔洋云："大庾岭北止有章水如衣带，去浔阳且千余里，抑岂潮所可到耶！"韦应物是否在西涧目击春潮带雨晚来急，这并不重要，重要的是诗人依据过去的直接和间接的经验，创造出了这样的意境，表达诗人对于人生的深切体验。

名诗传世，后人好以此入画，把诗境转化为画境。但是，诗情能否完全化成画意，这是个饶有兴味的问题。依我看，诗情与画意，相通而又不雷同。宋代宫廷画院曾取"野渡无人舟自横"之意，以"野水无人渡，孤舟尽日横"为题，考选宫廷画师（参见《画继》）。应试画师大多构想为"系空舟岸侧"，高明些的在船舷间画一蹲鹭，或在篷背上画一栖鸦，暗示舟上无人，所以鹭敢于在此蹲，鸦才在此处栖。"舟上无人"之意是表达出来了。

独有中魁的画师别出心裁，"画一舟人卧于舟尾，横一孤笛，其意以为非无舟人，止无行人耳，且亦见舟子之甚闲也"。这幅画创造出了这样的意境：并非舟上无人，而是无人来渡，舟子自闲。这是对"野渡无人舟自横"的再创造，颇有新意，自属难得。但是，韦应物在诗中所写的"野渡无人舟自横"是同"春潮带雨晚来急"缀合在一起构成的意境，并不是可以孤立出来的一个画面。且不说"春潮带雨晚来急"这样的飞动流转之势，在画中就很难表现；只就"野渡无人舟自横"之句来说，诗中也未断言舟上必有舟子。如果是在雨后天晴，舟子悠然自得，横笛独闲，尚合情理；但若孤舟在风雨中飘横，而舟子仍逍遥自在、卧舟吹笛，这就不合情理了。韦应物此诗所说，究竟是舟中无人，抑或无人来渡，还是两者兼之，诗人并未属意于此，读者可以自己的审美经验去想象，所谓"览者会以意"，自然也给画家留下了再创造的余地。

美感和真实

——张继《枫桥夜泊》　胡经之

离别姑苏三十载，怀念故乡之情总是萦回不断。每当想起故乡，自然而然地就想起唐代诗人张继那首流传千古、脍炙人口的《枫桥夜泊》：

月落乌啼霜满天，江枫渔火对愁眠。
姑苏城外寒山寺，夜半钟声到客船。

默想之际，自己便不知不觉地进入了诗

中的境界，激起我对故乡的美好回忆：静夜河边的点点渔火，深夜启程的乌篷航船，寺院清晨鸹鸹乱叫的树巅群鸦，隔壁庵堂昼夜常响的钟磬之声……重新唤起了我对少年生活的多少怀念！

当然我也想起了我曾经见到的枫桥。不过，我记忆中的枫桥，却不似张继笔下的枫桥那么美。枫桥，我只去过一次。那还是在四十年代中期，我刚过十岁。那时，苏州刚从日寇铁蹄下挣脱出来，享有盛名的古迹枫桥，满目疮痍，一片衰败景象：桥上乱草丛生，河边树木凋零，河道里冷冷清清；寒山寺大门紧锁，既进不去，也听不见钟声。

此后的三十余载，我再也无缘重去枫桥。前些年，看到别人游访枫桥后著文写道：久慕盛名，造访枫桥，名不符实，大失所望，乘兴而去，扫兴而归。张继《枫桥夜泊》里所创的境界令人神往，现实生活中的枫桥却大相径庭，在艺术和现实的比较中，产生了失望和扫兴。

其实，艺术的魅力和生活的价值，两者相通却又不可等同。文学所创造的艺术境界，可以而且应该高于现实中的生活情景，我们无须因此而去否定生活本身的价

枫 桥

值；反之，我们也不必因为文学所写未和生活一模一样，而去否定艺术自身所特具的价值。《枫桥夜泊》自有其艺术魅力，不能以枫桥本身来替代。

《枫桥夜泊》的画面并不复杂，出现的景物不过是月落、乌啼、霜天、江枫、渔火、寺院、钟声、客船，等等。这些，也许都是诗人张继在枫桥夜泊时的所见、所闻，彼时彼地的枫桥景色可能就是这样。然而，这首小诗创造的意境，难道仅仅只是彼时彼地枫桥夜景的重现吗？

这倒很值得我们玩味。

张继是唐代襄阳（湖北）人，天宝末年，流寓江南，路过苏州，停船枫桥，在这里经历了一个不眠之夜，心有所感，写下了这首短诗。

旅途困顿，夜深人静，正可安然入睡。可是，诗人乍来姑苏名城，面对枫桥美景，感受新鲜，印象深刻；加之岁晚秋深，置身此境，思绪万千，羁旅之感，情不自禁。诗人面对此情此景，反而难以入睡。诗人的所见所闻，激起了内心的波澜，产生了他所独有的体验。诗人把这种体验化为艺术形象，写成这首诗。因此，这首诗不仅只是在写"眼前景"，而且还在写"心中意"。它不只是枫桥夜景的再现，而且是作者思想感情的表现。诗里出现的，是诗人眼里和心中的枫桥夜景，已带上了诗人的感情色彩；诗人的思想感情，则融化在整篇诗的意境之中。

"月落乌啼霜满天"。

月落，是诗人之所见，在诗里是视觉形象，不过它不完全是静态，而是给人动感：月在慢慢落下。乌啼，是诗人之所闻，在诗里是听觉形象，也是富于动态的：栖鸦张着嘴哑哑作声。霜满天，不只是诗人之所见，而且是诗人整个身体之所感。这在诗里是多种感觉的形象：霜气弥漫，迷迷濛濛，寒气逼人，益感其凉。月落、乌啼、霜满天，这些单个形象，联结和组接起来，构成一个深秋晓天的情景。

月亮将落而未落，这正是天将明而未明之时。此刻，万籁俱寂，大地沉睡，一般人应还没有醒过来，可是诗人却没有睡着。乌啼，打破了沉静，然而却也更加显示了这清晨的冷清。满天的霜雾，表明了季节已入深秋。秋深岁晚，可是诗人还在异乡作客，停泊枫桥，体验那河上的寂寞和冷静。

"江枫渔火对愁眠"。

江边岸上，枫树依稀，隐约可见；江水朦胧，渔舟片片，渔火点点。江枫、渔火，这都是视觉形象。然而，这里所说的"对愁眠"，不只是江枫和渔火的静静对峙，而且还是睡在船舱里的诗人面对着江枫、渔火默默发愁。江枫和渔火的两相对峙，牵动了旅人异客他乡的愁思，于是，江枫渔火的情景，本身就寄寓着诗人的羁旅之愁。

"江枫渔火对愁眠"一句，曾被人著录为"江村渔火对愁眠"（宋·龚明之《中吴纪闻》）。后人肯定此说者不乏其人，甚至清代大学者俞樾也持此说。还有人进而大作考证，查出枫桥附近，共有两个地方，一是枫桥，一是江村桥，因而断定，"江枫"也者，乃两地之合称也。更有人推断，"月落乌啼霜满天"中的"乌啼"，也是一个村名，它在枫桥以西。这样一来，"月落乌啼"，不过是说，月亮在乌啼那个地方落下去了；"江枫渔火"，无非是说，江村和枫桥之间的渔火。我不大清楚，诗人张继在枫桥夜泊前后，有无在那里作过历史的和社会的考察，把那些地名实录在诗里。但是如对《枫桥夜泊》作那种实录性的理解，那它还有什么艺术价值！

其实，江枫、渔火，正如月落、乌啼、霜天一样，都只是构成全诗意境的一些单个形象，并不一定是地名实录，甚至不一定实有其事。清人在评此诗时说："江南临水多植乌桕，秋叶饱霜，鲜红可爱，诗人类指为枫。不知枫生山中，性最恶湿，不能种之江畔也。"（王端履《重论文斋笔录》）从植物学的角度而言，这种指摘也许自有道理，但，艺术创造却不必拘泥于事实，甚至，为了意境的创造，可以虚构出许多形象。即使枫桥两岸种的真是乌桕，"诗人类指为枫"，在诗中出现"江枫"的形象，也未尝不可。

"姑苏城外寒山寺"。

枫桥在姑苏城外，寒山寺就在枫桥附近。寒山寺是枫桥古刹，相传因名僧寒山曾居此寺而得名。"姑苏城外寒山寺"此句，不过是点明诗人停泊的是名城古刹，但它是构成全诗意境的有机部分，不能孤立开来。

张继停泊的既是姑苏城外寒山寺附近，反证此诗的题目《枫桥夜泊》颇为合适。保存此诗的最早版本高仲武编《中兴间气集》，题作《夜泊松江》，似和"姑苏城外寒山寺"不相切合。后来一些典籍，如《吴郡图经续记》、宋《吴郡志》等，著录此诗时，又题作《晚泊》，这是不是枫桥本无此名，很晚才名叫枫桥呢？对此，历来有许多争论，这里不说。

"夜半钟声到客船"。

寒山寺与枫桥相距约有一里之遥，夜半钟声，透过黑暗，越过江面，传到客船里。沉沉黑夜，能为人看见的是月光、渔火，然而，夜半钟声给人的印象却最为突出和深刻。它不管你爱听不爱听，总是划破寂静，声声不断。它敲在游子的心上，倍增愁思与寂寞。诗里虽未出现旅人不眠的画面，但却自然萦绕于你的脑中。在全诗的意境中，这夜半钟声到客船的形象实居于最中心的地位，给人的印象也最深。

说起"夜半钟"的形象，历来对此不断有所争论。宋代大诗人欧阳修引用前人成说，怀疑张继是否真的听到了夜半钟："句则佳矣，其如三更不是打钟时。"（《六一诗话》）历代同欧阳修争辩的人不少，叶梦得、胡仔等人，均有所涉及，无非从两个方面来证实：一，生活中的事实：宋代的寒山寺还在打夜半钟，可见唐代早就如此，张继所写夜半钟声，是生活中的真事。二，唐诗中的事实：唐代诗人写夜半钟的不乏其人，诗中不时出现夜半钟的形象："夜半隔山钟"（皇甫冉），"半夜钟声后"（白居易），"未卧尝闻半夜钟"（王建），"遥听缑山半夜钟"（于鹄），

寒山寺

"隔水悠扬午夜钟"（陈羽），比比皆是。司空曙、许浑、于邺、温庭筠等人诗中，也都有夜半钟的形象。

其实，欧阳修赞同对张继的责难固然不足取，但叶梦得、胡仔等人对张继的辩护也不见得有力，因为，双方的方法论是共同的：都是以所写夜半钟是否符合生活真实来评定艺术价值。然而，艺术的价值不决定于是否完全再现了生活事实。张继在枫桥夜泊时，可能真的听到了夜半钟声，也可能并未听到，而把在别处听到的听觉形象放到诗里；或者干脆是一个虚构，创造出夜半钟形象。无论哪种情况，夜半钟都只是诗人创造艺术意境的一个材料，用以表现诗人的思想感情。

还是明人胡应麟说得好：张继"夜半钟声到客船"，"谈者纷纷，皆为昔人愚弄。诗须借景立言，惟在声律之调，兴象之合，区区事实，彼岂暇计？无论夜半是非，即钟声闻否，未可知也"（《诗薮·外篇》卷四）。唐人诗中，最早出现"夜半钟"形象的，还是张继这首《枫桥夜泊》，其他均在张继之后。唐、五代以还，出现"夜半钟"形象的诗篇连续不断，宋人陆游、孙觌、胡埕，明人唐寅、居节，清人徐崧、王士祯等人的诗中，均可见到。张继在诗中创造夜半钟的形象，不是为写实而写景，而是为了和其他形象联接、组合起来，构成形象整体，表现他在枫桥夜泊中体验到的羁旅之愁。

艺术的真实并不一定是生活的事实。鲁迅说得好：文学创作，"可以缀合、抒写，只要逼真，不必实有其事也"（《致徐懋庸》）。所谓"缀合"，就是指不同形象的联接和组合；所谓"抒写"，就是表现思想感情。《枫桥夜泊》虽是短短一首小诗，却也是按照"缀合""抒写"这样的艺术规律创造出来的。夜半钟声、乌啼、江枫这些单个形象，也许是诗人的"眼前景"，也许是诗人的"过去事"，这不重要。重要的是，无论是眼前景还是过去事，都必须表现出"心中意"。乌夜啼的形象，早在六朝乐府中就已被创造出来了（刘义庆《乌夜啼》），用来表现离愁别恨、相思之情。以后，乌夜啼和相思情逐渐形成固定联想，为历代诗人不断运用。庾信、李白、杜甫在张继之先，已多次让乌夜啼形象出现。张继在《枫桥夜泊》中把乌啼、月落、霜天等"缀合"起来，正是为了"抒写"羁旅之愁。江枫的形象又何尝不如是！早自楚辞开始（《招魂》），"江枫"已和"伤春"联系起来，后人又把"江枫"和"秋思"相连，江枫和愁情形成固定联想。张继在《枫桥夜泊》中把江枫和渔火、夜半钟声等"缀合"起来，又是为了"抒写"羁旅客愁。

《枫桥夜泊》中表现出来的思想感情，当然，也不这样单纯。面对枫桥夜景，心里的美感也会油然而生。但是，对夜景的美感和触景而生的愁思交织在一起，而且愁思之情贯串于全诗，占支配地位。诗中所写的月落、乌啼、霜天、江枫、渔火、钟声、客船，都带着"愁"情，均是诗人"愁眠"时所见、所闻、所感、所想而来的。

那末，张继在这首诗里所抒写的"愁"，究竟是愁什么呢？张继流寓苏州时，还写了一首诗《阊门即事》，再现了安史之乱造成的江南惨象，忧愤之情，溢于言表。《枫桥夜泊》里的愁思，可能和此相通。但是，全诗意境并未着意于此，我们也不必刻求深意。枫桥夜泊使人愁，究竟为什么而愁，不同的读者可以自己各自的审美经验来补充。

历代著名文人写枫桥或寒山寺的诗篇不少，韦应物、陆游、高启、唐寅、徐崧等人均有，然未有超越张继此诗者。清初王士禛年轻时写有《夜雨题寒山寺》两首，意境颇近《枫桥夜泊》，但抒发的感情过于狭窄。六十年后，有位鲍钤，泊舟枫桥，想起往事，不胜感慨，写下了："路近寒山夜泊船，钟声渔火尚依然。好诗谁嗣唐张继，冷落春风六十年。"抚往观今，所有写枫桥、寒山寺的诗篇，还是不如张继此诗，这颇可引起我们的深思。

旅馆谁相问？寒灯独可亲。

一年将尽夜，万里未归人。

寥落悲前事，支离笑此身。

愁颜与衰鬓，明日又逢春。

　　江苏人恋乡是很有名的，古代最为人传诵的思乡典故就出在晋代一个叫张翰的吴人身上，据说他好好地当着官儿，"见秋风起，因思吴中菰菜羹鲈鱼脍"，不禁食指大动，

185

一心想回去大快朵颐，便丢下两句很堂皇的话："人生贵得适意耳，何能羁宦数千里以要名爵"（《世说新语·识鉴》），立刻回家去了。这个今天看来无组织无纪律的自由主义行为，在古人心中却是一个高雅脱俗的故事，于是后世很多文人都非常佩服张翰。而"莼菜鲈鱼秋风"的典故也成了诗人思乡的象征。一提起故乡，就不免写些"忽思鲈鱼脍"（王维）、"还乡念莼菜"（刘长卿）、"不因秋风起，自有思归叹"（李白）之类的诗句。就连并不曾有过真正退隐之心的白居易，也高唱"犹有鲈鱼莼菜兴，来春或拟往江东"（《偶吟》）的叹唱；并不是吴人的崔颢，也对真吴人啧啧称羡："渚畔鲈鱼舟上钓，羡君归老向东吴"（《维扬送友还苏州》）；至于差不多算是吴人的那些诗人，当然更是一遇秋风便思绪万千，想到莼鲈就怀念家乡了。

下面将要说到的唐代金坛（今江苏金坛）诗人戴叔伦，就有一首《题稚川山水》："行人无限秋风思，隔水青山似故乡。"他连看一幅山水画时都能看出家乡的风光，秋风不起时都能引动秋风之思，更何况在除夕夜万家团

宋·李迪《雪中归牧图》

聚他却一人孤零零地呆在旅馆面对孤灯的时候呢？《除夜宿石头驿》，便是写这时孤寂的思乡情绪的一首诗。

头两句"旅馆谁相问？寒灯独可亲"，写的是诗人在旅馆里的孤独。大年三十了，家家都团聚在一起，喝酒吃年饭放鞭炮，谁还会来理会一个住旅馆的行人呢？所以只有一盏寒灯，或许再加上映在壁上长长的影子，和人相伴，想来真是冷清！王维《宿郑州》写行旅在外"孤客亲童仆"，还有个仆人相随，李白《月下独酌》写一人独饮，"对影成三人"，总还有月有酒，戴叔伦却孤身对灯，独处驿馆，心寒灯寒，于是每逢佳节倍思亲的习惯，就使他生出了浓浓的怀乡情思："一年将尽夜，万里未归人。"前一句写时，后一句写地。他的家在江苏金坛，他却在江西新建县的石头驿，一个"将"字暗示了他对时光荏苒、催人欲老的恐慌，一个"未"字则呈露了他希望归乡而未能归乡的惆怅，"一年"表示很长时间已过去，"万里"则说明家乡仍然很远很远，时光流驶人未还乡，人未还乡思念故乡，于是更加重了驿馆中浓重的乡愁和冷寂的孤独。清代人沈德潜曾说这"万里"不切实际，"石城与金坛相距几何而云万里乎"（《唐诗别裁》）。这是种迂腐的见解。仿佛宋人要用皮尺去量杜甫诗里大树的胸径，今人要从杜甫诗里竹子的数字来划定他的阶级成分。这"万里"不是物理意义上的距离，而是心理上的距离；那"一年"也未必是天文历算上的时间，而是心理上的时间。诗歌语言自是别一种语言，用日常语言去估测就不免可笑。这两句只是表现诗人心中时间的"久"和空间的"远",用这久远来表现孤独感与思乡情罢了。因此，当这孤独感与思乡情阵阵袭上心头的时候，就又会反思自己生活的意义：自己这么离乡背井究竟为什么？张翰说"人生贵适意耳"，但自己却未能适意，只落得个"寂寥"的心境和"支离"的命运，半生奔波孤苦伶仃，家人离散不能团聚，所以说"寂寥悲前事，支离笑此身"。此时面对孤灯，瞻望来年，不禁悲从中来，只好长叹"愁颜与衰鬓，明年又逢春"。也许又一年到来时，自己仍不能回归故国，而这种孤独与寂寞，将年复一年地陪伴自己。难怪这个当时被人称为能干官吏的戴叔伦，最后竟上表要去当道士。也许正是这种寂寥与支离使他也动了思归之心，要在道门玄流中排遣难言的怅惘，寻求那平静的心境。

这首诗的好处是句式虽富于变化，但意脉很流畅。八句紧紧抓住孤独与思乡的情绪层层渲染，一首一尾彼此呼应，颈、颔两联拓开又收回，虽然境界较狭但一意连绵，本来无可非议，但偏偏有好事的明代人却硬要从鸡蛋里挑骨头。明代谢榛《四溟诗话》卷三记载他的朋友称赞这首诗,他便批评这首诗,认为"五言律两联如纲目四条,辞不必详,意不必贯",而这首诗"八句意相联属,中无罅隙,何以含蓄",就把它改成"灯火石头驿,风烟扬子津。一年将尽夜,万里未归人。萍梗南浮越,功名西向秦。明朝时清镜,衰鬓又逢春"。其实,谢榛恰恰犯了晚唐诗一句一意、以离意脉的毛病。且不说头两句大而无当,虚张声势,五六句文不对题,硬拼对偶,就是全诗的意味也被花架子搅散了,全无原诗那种浓重的孤独感与悲凉感,佛家所谓"佛头着粪",俗语所谓"画虎类犬",正好给谢榛写照。值得一提的是,唯一未被谢榛改动的那两句"一年将尽夜,万里未归人",实际上却是戴叔伦改梁萧衍《子夜冬歌》"一年漏将尽,万里人未归"而成的。戴叔伦的改动和谢榛的改动截然不同。后者把好诗改成了坏诗还自鸣得意为"叶子金变锭子金",仿佛把武松打虎的硬木哨棍变成镂空花棒,而戴叔伦把萧衍的两句点化成了名句,则仿佛李光弼入郭子仪军,一声令下顿时点铁成金。

视角转换

——李商隐《夜雨寄北》

葛兆光

现代诗人卞之琳有一首《断章》很为人传诵：

你站在桥上看风景 /

看风景的人在楼上看你。

别人装饰了你的窗子 /

你装饰了别人的梦。

这首诗最引人注目之处大概是视角的转换

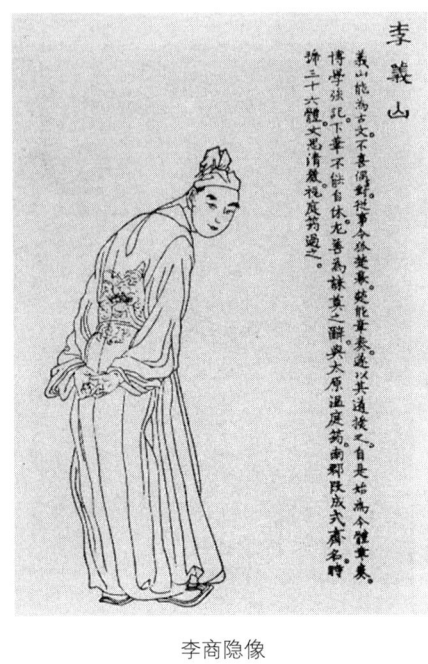

李義山

義山能为古文不喜偶對尤善今體章奏
博學強記下筆不休尤善為誄奠之辭與太原溫庭筠南郡段成式齊名時
號三十六體文思清麗庭筠過之

李商隐像

了。第一句，从"你"的眼中及"桥"的角度去摄取"风景"，第二句则从"看风景的人"的眼中及"楼"的角度来摄取"你"，第三句则以被动的方式把"别人"从远处拉来"装饰"你的窗户，而第四句却从实入虚，把"你"从近处抛掷到远方"别人"的梦境之中。

诗歌中这种"视角转换"往往能造成时间或空间的"切割"或"重构"，引起一种类似电影蒙太奇般的效果，它把物理时间与空间中不可能出现的现象在诗歌中切割组合出来，构成了一种突破常规的经验，表达着各种人生体验。

这一手法在中晚唐诗中就经常被人们有意识地使用。像贾岛的《渡桑乾》："客舍并州已十霜，归心日夜忆咸阳。无端更渡桑乾水，却望并州是故乡。"先以并州为视线基点远眺咸阳，"归心日夜"四字在"忆"字前，渲染了诗人日夜盼归的心情，而后两句则从渡过桑乾河即咸阳方面反眺并州，视角来了一个一百八十度的挪移，"却望并州是故乡"七字与"无端"二字相应，写出一种失落与迷惘的无故乡之感。由于在并州望咸阳而在咸阳望并州这种转换，使得两处都那么陌生，于是诗人的归乡之思便无处附丽，就连诗人自己也不知何处安置了。

又像吕温《读小弟诗有感》："忆吾未冠赏年华，二十年间在咄嗟。今来羡汝看花岁，似汝追思昨日花。"由二十年前我的视角转到今日我的视角，由今日我的视角转到你的视角，有二十年前我赏花的情景也有今日你赏花的情景，有今日你赏花的情景也有今日我看你赏花的情景，通过时间的转移呈现了心境的差异，又通过心境的差异表露了一种对岁华变迁的惆怅。

再像白居易《邯郸冬至夜思家》"料得闺中夜深坐，多应说着远行人"、陈陶《陇西行》"可怜无定河边骨，犹是春闺梦里人"，则从作者所处空间转移到"闺中""春闺"另一个空间，又由那一个空间通过"说"与"梦"转到这一个空间，这一可说可梦却不可及的两个空间，便在这诗句中形成了一种令人怅惘的联系，传递了作者想要表现的伤感之情。

然而，当时将这一手法用得最成功的则是李商隐的《夜雨寄北》：

> 君问归期未有期，巴山夜雨涨秋池。
> 何当共剪西窗烛，却话巴山夜雨时。

这首诗的第一句实际上是由一问一答两句话浓缩而成的，而这一问一答看来好像是两个人进行的，但实际上是李商隐一个人的自言自语。但这自言自语中所设定的两个人（远方盼归人的"君"和未有归期的"我"）使诗歌拥有了两个相关的空间，一个是远方的故乡，一个是异乡的"巴山",而身处两地的人的互相思恋,则使这两个空间之间有了某种密切的关系。下面三句诗便凭借深切的思恋,在两个空间构成的无形关系之间勾画了一幅重叠交错的"两地情思幻想图"。

"巴山夜雨涨秋池",这是诗人眼中的实景。巴山,点明地点;夜雨,指示时间;秋池,进一步说明季节。独在异乡,又逢秋夜寒雨,客舍灯下,听池中雨声,怎能不思恋故乡与亲人?

"何当共剪西窗烛",这是诗人想象中的虚景,时间当然是在返回故乡之后的"未来",而在超越了现实时空限制的想象里,诗人和他所眷恋的人便可以在一起剪烛夜话,长叙别情,读者可以体会到沉浸在幻觉中的诗人的精魂,早已飞越千山万水,到了他梦中千回萦绕的故乡。

于是,在那里的诗人当然会回忆起在巴山茕茕孑立时的孤独时光,和他的那位"君"一道"却话巴山夜雨时"。第二次出现的"巴山夜雨"四字与第二句中的"巴山夜雨"遥相呼应,构成一个语义上的回环,提醒人们,在诗人的想象里,时间和空间再度超越,又回到了"巴山"

明·吕纪《残荷鹰鹭图》

那秋雨绵绵的夜里。想象套着想象，时间与空间就在这神奇的遐想中几度叠现，诗人的思念之情也就在这叠影中传递给了读者。

《夜雨寄北》只有四句，诗人的视角却三度转移，实——虚——虚中虚的三层递进之中，似乎沉湎于思恋中的诗人瞬间在千山万水相隔的两地穿梭往返。诗歌这东西就是那么神奇，它把现实中不可能的事情变为可能，把现实中的普通情感变得那么感人。《夜雨寄北》把诗人不可能挪移的视角在诗歌中转移了好几次，把现实中不可能超越或改变的时空在想象中超越和改变了，因而也把很多人都曾有过的思恋心理细腻深婉、含蓄巧妙地写得那么动人，所以姚培谦在《李义山诗集笺》中说：“‘料得闺中夜深坐，多应说着远行人’（白居易诗），是魂飞到家里去。此诗则又预飞到归家后也，奇绝！”

很多人已经指出《夜雨寄北》这种巧妙的时空结构与章法结构对后世的影响，如王安石《与宝觉宿龙华院》“与公京口水云间，问月何时照我还？邂逅我还还问月，何时照我宿钟山”、杨万里《听雨》“归舟昔岁宿严陵，雨打疏篷听到明。昨夜茅檐疏雨作，梦中唤作打篷声”等，但很少有人拈出它与现代诗的关系，像前引卞之琳的《断章》。我们还可以举出一些作品，像刘大白《泪痕》九十四“人在花里，花在风里，风却在人心里”、郭绍虞《江边》“云在天上，人在地上，影在水上，影在云上”等就运用了视角转换的手法。像台湾诗人郑愁予的《梦土上》：

云在我的路上，在我的衣上，

我在一个隐隐的思念上，

高处没有鸟喉，没有花厝——

我在一片冷冷的冻土上。

　　这里的"我"实际上已经没有一个固定的处所，被
抛掷在一片飘荡的梦土上，时而云依着"我"，似乎我在
一块坚实的基础上成为视角的基点，时而"我"又依着"思
念"，似乎"我"在随着茫然无定的思绪浮荡，时而在"高
处"，似乎在冷寂的空中，时而在"冻土"，似乎又坠落荒漠。

　　当然，现代诗以视角转换来表现主体的失落，与李
商隐并不一样，李商隐表现的是古代人有家难归的思恋
之情，而现代诗人表现的是现代人无家可归的失落之感。
但是古今诗人在形式上却有隐隐约约的相通之处，因为
当诗歌的视角不再是固定的一点而是游移的多点时，主
体的迷惘、惶惑、惆怅便那么浓烈地表现出来，就像一
个人被旋风簸弄到一片无际的旷野，分不清上下东西南
北，只有任从想象的飘荡。在这一点上，现代诗人不应
当感谢李商隐的启示吗？——尽管他们并不见得是直接
受到了李商隐的影响。

深居俯夹城，春去夏犹清。

天意怜幽草，人间重晚晴。

并添高阁迥，微注小窗明。

越鸟巢干后，归飞体更轻。

唐宣宗大中元年（847），李商隐受桂
管观察使之辟，南下桂州（今广西桂林市），
入幕为掌书记。正是初夏时节，诗人在寓所
写下这首名篇。

首联一开头说"深居"，这里强调了"深"。初到桂幕，由于深居简出，独自从高处俯看，因而对初夏之"清"，也就是清爽明朗，有特别的感受。仅十个字，就把地点、时令，自然地点了出来。

颔联两句一直被历代评论家激赏，可似乎都没有拈出妙处。朱少章《风月堂诗话》说："李义山《拟老杜诗》云：'岁月行如此，江湖坐渺然。'真是老杜语也。其他句'苍梧应露下，白阁自云深'，'天意怜幽草，人间重晚晴'之类，置杜集中亦无愧矣。然未似老杜沉涵汪洋，笔力有余也。"其实，就李商隐这两句来说，既非老杜"吴楚东南坼，乾坤日夜浮"那样以写景宏伟壮阔取胜，也不像"细雨鱼儿出，微风燕子斜"那样以状物细致真切见长，而别有一种意义在。

既然前面说"春出夏犹清"，理应对初夏的晚晴作具体描绘。这里特别写了"幽草"，一方面可说是实景，诗人先注意到幽暗处的小草；但另一方面，这"幽草"又带有诗人的个性特征，具有象征性。李商隐九岁丧父，体弱多病，本来需要亲人的温暖，却接连受到母丧、岳父病亡、姐丈早逝的打击，仕途上也并不如意。这又多么酷似孤独无依的幽草呵！就用字来说，"怜"下得很恰切。"幽草"不只需要一般的爱，而更多希望的是怜爱、怜惜。天意的垂怜，反映出人世间对幽草既怀同情又有担心和忧虑。久不见阳光的幽草在雨后新晴的阳光下充满生机。这个景象是十分富有诗意的，而这自然界的"晚晴"难道不包含诗人生命途程上对"晚晴"的希冀吗？人间对晚晴格外重视、珍惜，和上句"怜"字相对，用一"重"字，也是力透纸背而无斧凿之痕的。

胡应麟《诗薮》中有这样一段话："作诗不过情景二端，如五言律体前起后结，中四句二言景，二言情，此通例也。唐初多于首二句言景，对起止结二句言情，虽丰硕，往往失之繁杂。唐晚则第三四句多作一串，虽流动，往往失之轻獧。"这首诗并没有按照这个所谓的"通例"，诗中三四二句确实"流动"，但不仅毫无轻俏浮躁之病，反而显得凝炼稳重，意境高远，全诗为之生色。

颈联既写景又写情。作者欣赏了雨后新晴之后，高阁远眺，颇有目穷千里之意。此时又由高而低，视线转向寓所的小窗。傍晚天晴，残阳斜照，小窗好像格外明亮。诗人此时情绪乐观，无论是放眼远望，还是注目小窗，似乎都能看出前程的某种希望，所以着一"明"字。

五六两句虽然描写较为具体，也紧紧围绕着"晚晴"，却还没有为读者描出一个画面。到了尾联，这个画面终于出来了。这是个很具晚晴特征的画面，而因为有比"幽草"更富生命力的"越鸟"，更含深意。《古诗十九首》之一《行行重行行》里面有这样四句："道路阻且长，会面安可知。胡马依北风，越鸟巢南枝。"李善《文选》注引《韩诗外传》："诗曰：'代马依北风，飞鸟栖故巢。'皆不忘本之谓也。"这里的"不忘本"，也就是乡土之思。胡马依恋北地，越鸟心向南国。动物本能地怀念故土，尚有如此之情，更何况思恋故乡的游子？"巢干后"三字看似平常，却是第一次暗示出下雨了，说明这"晚晴"乃是雨后。最后一句"归飞体更轻"，把越鸟的飞归作进一步的形容，使这个自然画面更显生动；另一方面，也使诗意更加深化，着重说身体轻捷，和诗题"晚晴"扣得很紧。天气转晴，飞翔在外的鸟，身体沾湿之处渐渐转干。雨水散尽，飞翔自然轻便。"体更轻"又是和"归飞"直接相关的。鸟儿飞离故巢，天晴以后想到故巢已干，归飞之心自然更切，觉得回到一个温暖舒适的家可以消除飞翔的疲劳，得到最好的休憩，这正是"越鸟"唯一的心愿。李商隐到远在南方边地的幕府安身，实出无奈。唐代士大夫一向重视朝官而轻视外任。桂州僻处南荒，府主郑亚又是个被排挤的人物，李商隐接受郑亚之聘，只是表示对这个外贬刺史的支持，并不意味着安心幕府生涯。倘若有朝一日能够得到朝廷信用，北归一展鸿图，岂不更是自己的愿望？因此，末尾两句描出的画面，不仅给人以美的享受，而且也是意味深长的。

《晚晴》一诗情绪乐观，格调爽朗，这样的律体，在李商隐作品中并不多见。作为一首抒情诗，艺术上也有鲜明的特色。从通过景物表达思想感情来说，它具有李商隐很多律诗里体现的融情于景、情景交融的特点。所不同的是，这首五律通过对自然界的深切体验，和切身的实际感受，从自然、人生中揭示出耐人思索的哲理。此诗标题"晚晴"，警句也正是"人间重晚晴"。"晚晴"

是人人感到快慰欣悦的景象。"晚晴"如果用于人世的一种象征，也可把它看成少年乃至中年遭遇不幸的人们对美好未来的追求。人们往往可以从"晚晴"找到某种精神上的安慰，增添忍受困苦、摆脱逆境的力量。人们甚至还能把"晚晴"的象征性意义在生活中进一步扩展开去，用于世间的某种期待。

《唐音癸签》引杨慎的一则评语说："世人但称义山巧丽，俗学只见其皮肤耳。高情远意，皆不识也。"这首《晚晴》的妙处恰在于既有这个"高情远意"，又能通过高超的艺术手段加以表现。李商隐没有对自然景物作着力刻画，抒情气氛也不像他的其他作品那样强烈，但景物却具有独特的象征性。诗中警句的哲理完全从形象中引发，和景物描写浑然一体，根本看不出诗人有意谈理念，发议论。在写作手法上，直接师承杜甫，但又借鉴了中唐诗人创作中的有益经验，丰富了五言律诗的表现手段，这正是李商隐诗风趋于老成的重要标志。

一字之差　境界全非

——重读杜牧《秋夕》　臧克家

红烛秋光冷画屏，轻罗小扇扑流萤。

天阶夜色凉如水，卧看牵牛织女星。

我生长在一个文化家庭里，七八岁就延师读私塾，放学回家，长辈们教着读古诗，各种题材、各种风格的都有，均出自名诗人之手，有的懂，有的不懂，可都能成诵。其中印象最深、吸引力很强的首数杜牧的《秋夕》了。当年，不会分析，没有判断能力，

杜牧像

但觉得它合乎自己的心意。到了中年，回忆起这首名作来，不时默默吟诵，渐渐了解到它好在什么地方。

我们的诗人，用传神之笔为我们创造了个天真烂漫的少女的形象。她活泼的身影，纯洁的心灵，浪漫的幻想，那么可爱，那样动人。诗人虽然只写了一个少女，但开拓了千万读者的心灵世界，启发了人们对美好事物的向往之情，不只从中得到美感享受，也得到了净化灵魂的功能。

写了人，也写了与她精神契合的环境，二者和谐，成为一体。红的蜡烛，冷清清的秋光，屏风上的画图也带了秋的气韵。这是小的环境描绘，简净一笔，道出了这位少女的不寻常身份。由于她的生活优裕才无忧无虑，如果穷家的女孩子，情况就决然不同了。天阶，就是天井里的平台，这是她活动的空间，凉如水的夜色，是她所处的时间，这一切，都是渲染环境，制造气氛，为我们的女主角布置活动场景。

这首诗的四句中，直接写这个少女动作的是第二、四句。一个十二三岁的少女，手拿一把轻罗小扇，在凉凉夜色中追扑流萤，使暗夜有了光，有了色彩，有了声音，有了生气。这比看一个妙龄女郎舞蹈更有味，更惹人。最后，又从动转成静。"卧看牵牛织女星"，这个句子，只表现了少女的天真单纯，向着神秘的无垠的天空，从恒河沙数的银河中，去寻找、注视神话传说中的牛郎织女星。这不涉及爱情本身，因为"指星歌月"是孩子们人人喜爱的赏心乐事。

我特别欣赏这首《秋夕》，与我个人的经历也大有

杜牧书法《张好好诗》（局部）

关系。我的曾祖父、祖父辈，都在清朝做过大、小的官。住在翰林院的大台房里，房子既高又大，门前有个四方的台阶。少年时代，和我同龄的小姑，在同样的秋夕，也曾用同样的轻罗小小团扇扑捉流萤。晚饭后，家人一起坐在台阶上，说古道今拉家常，过些时候，他们慢慢散去，剩下我和小姑两人，卧在地上，睁着小眼，仰看特亮而又带点神秘的牵牛织女星。时间久了，觉得身上有丝丝凉意。个人有这样亲切的经验，读这首诗，总觉得格外亲切、有味。

几年前，天津一家出版社编了本给中小学生读的古典诗歌集，要求全能背诵。入选作品的条件是"短小，精美，平易，情调健康"。我特别推荐了这首《秋夕》，认为写孩子的诗，孩子们读了一定觉得更有滋味。

最近，在一本唐诗选上看到这首诗，如睹故人，其乐可知。读到第三句时，我大吃一惊！我记得很牢的"天阶"忽然变成"天街"了。这是怎么回事？如果是我记错了的话，那，我对这首诗的理解、看法与情趣就完全破灭了，这将是使我难以忍受的痛苦。于是，我花了不少精力，找出几种版本与选本，急忙地对照了一下，压在心上的一块石头终于落了下去。

首先，看了《唐诗三百首》，作"天街"。《唐诗鉴赏辞典》，作"天阶"。《樊川文集》（《四库丛刊》本）作"淫阶"；《唐人绝句精华》作"瑶阶"；《樊川文集》作"瑶阶"；《樊川诗集注》作"瑶（一作'天'）阶"，"坐看"一作"卧看"。《新选千家诗》已明明标出"卧看"了。

我所以不惮其烦地查对了这首诗字的异同，因为，我认为这关系重大，非同小可，一字之差，那就境界全非了。

作"天街"的本子，在析赏文中，把诗中女角说成是"宫女"，暗中突出一个"怨"字。我不同意这个看法。"天街"成了皇家宫廷，与少女的天真情态不谐。如果"坐"字真是"卧"字的话，更与宫女的仪态不合了。刘永济先生在《唐人绝句精华》释文中说："此亦闺情也。不明言相思之情，但以七夕牛、女会合之期，坐着不睡，以见独处无郎之意。"

此说，虽与"宫女"之说不同，但仍以爱情为主题，把一个纯洁的少女看作一个成年的婵娟，叹"无郎"而在"怀秋"了。

最后，容我仿东坡赞王维诗画二美的名句之一，作为这篇小文的结束语："味牧之诗，诗中有画。"少女卧秋夜，纯真无邪。

似庄似谐 寓意深远

——杜牧《赤壁》 魏耕原

折戟沉沙铁未销，自将磨洗认前朝。

东风不与周郎便，铜雀春深锁二乔。

杜牧这首短诗，虽然明白如话，不像李商隐的《锦瑟》那样扑朔迷离，但也自古及今见仁见智，颇费捉摸。

一般来说，绝句犹如一枝柳枝，通体外柔内韧则佳，过于庄重易损绝句风神。绝句圣手王昌龄的《出塞》被推为唐人七绝压卷之作，但是《姜斋诗话》批评说：" '秦时明月汉时关'句非不炼，格非不高，但可作律诗起句；施之小诗，未免有头重之病。"杜牧《赤壁》前两句也具有同样的毛病，语重意直。一连串三个主谓词组，又紧缀一动宾词组，安排紧密，更显得厚重质实，而且比王诗多用了一句，回旋余地只剩下末二句的尺寸之间，如同兵家背水一战，先置己于"死地"。就内容看，第一句两个主谓词组，前者回忆起六百年前的千帆争渡、烟炎张天的赤壁大战，如果句意轻飘，恐怕未有此力量，于金刀铁马而奈它不得。后者一跌，回到现实。次句的"自将磨洗"和"认"字，表现出对历史英雄人物的非凡业绩心向往之的庄重神情。黄叔灿《唐诗笺注》云："'认'字妙，怀古深情，一字传出，下二句翻案，亦从'认'字生出。"取其"翻案"二字，所余皆是。

末二句是这首诗的主脑，历来意见纷纭。赤壁之战是历史上著名的以少胜多的战例，周瑜采取火攻，利用东南风，一举击败为数众多的曹兵，诗人把"樯橹灰飞烟灭"的场面一概略去，正面不说说反面，用假设语气，从反面设想落笔：如果"东风"不给周郎方便，那么曹军会以泰山压卵之势，击碎东吴，周瑜将从东吴的座上客变成曹魏的阶下囚，他自己和君主的妻室，著名的美女大乔、小乔也会被关闭在铜雀台上，受人凌辱。

这两句议论语带调侃，特别是"春深"，具有明显的揶揄味道，所以宋人许颛讥议杜牧"社稷存亡，生灵涂炭都不问，只恐捉了二乔，可见措大不识好恶"。这是批评杜牧的一双眼睛只盯住二乔。但这种批评未免迂腐。吴乔《围炉诗话》就批评许"不足与言诗"，而认为此诗"用意隐然，最为得体"。《四库提要》也说"此诗人不欲质言，变其词耳"。吴景旭《历代诗话》说，此"用翻案法，跌入一层，正言益醒"。以上三家都有些拈花微笑的味道，使人不明"禅意"根底。"用意""质言""正言"究竟何指，何文焕《历代诗话考索》说得醒豁："牧之之意，正谓幸而成功，几乎家国不保。"王尧衢也说："杜牧精于兵法，此诗似有不足周郎处。"(《古唐诗合解》)近人也有同样看法："诗中结尾二句对周瑜的嘲讽，即阮籍登广武，观楚汉战场所慨叹的'时无英雄，使竖子成名'之意。"(朱东润主编《中国历代文学作品选》中编第一册,沈祖棻《唐人七绝浅释》与此相类。)这种看法,从字面看,是符合句意的,但细一推敲,却有矛盾,既然周郎是"竖子成名",赤壁一战是侥幸成功,为什么数百年后对其遗物"折戟",这个满是铁锈的出土文物,却怀着那么大的兴趣,也犯不着花力气去"磨洗",去辨"认"。近年有人研究说这是对周瑜"非凡的英雄业绩""无限的向往羡慕"(《北方论丛》1979年第5期),如是解,后二句应作如何交代,这分明与原诗语气不合。

论诗知人论世,自然眼明。杜牧善于论兵,曾作过《战论》等一系列论文,还注过《孙子》,如他在《注孙子序》里列举了历史上二十个善于用兵的人,上始周朝吕尚,下至唐朝郭元振,其中就有周瑜(魏举司马懿,而无曹操),认为"如此人者,当其一时,其所出计划,皆考古校今,策先定于内,功后成于外"。特别明确指出这些人成功的原因在于"策先定于内",此其一;其二,杜牧在黄州做刺史的次年,有首七律《齐安郡晚秋》尾联说:"可怜赤壁争雄渡,唯有蓑翁坐钓鱼。"表现了对赤壁之战业绩的倾慕和向往，以及昔日英雄而今安在的感慨。其三，杜牧深谙兵法，注意研究"治乱兴亡之迹，财赋兵甲之事，地形险易远近，古人之长短得失"(《上李中丞书》)。"敢论列大事，指陈病利，尤切至"(《新唐书》本传)。"感慨时事，条画率中机宜"(胡震亨《唐音癸签》卷二五)。李德裕在讨伐泽路藩镇刘稹时，基本采纳了杜牧的《上李司徒相公用兵书》的策略，后来，果然"泽路平，略如牧策"(《新唐书》本传)。就以上三点看来，如此满腹经纶的杜牧岂能认为东风成就了周郎，这岂不是与他上边的看法方凿而圆枘了吗？

杜牧的咏史、题咏诗大都是遇地而发，这首诗也有可能作于黄州。当时回纥南侵，杜牧此时的《郡斋独酌》《早雁》《雪中书怀》都是感慨时事之作，后一首有："北虏坏亭障，闻屯千里师。牵连久不解，他盗恐旁窥。臣实有长策，彼可徐鞭笞。如蒙一召议，食肉寝其皮。斯乃庙堂事，尔微非尔知。向来蹭等语，长作陷身机。"杜牧自信有长策可破强敌，只是与当时宰相李德裕有隙，不被重用，有志难酬，故"独酌""书怀"。如果《赤壁》

作于此时，那就和这几首诗的感情有相通之处。

即使《赤壁》不能确定何时之作，但从杜牧诗文中对周郎其人其事一贯仰慕的态度，也可寻绎此诗。我们认为"东风"一词，一语双关，既指所利用的偶然性——东风，又指真正对战争起决定作用的人事。天时不如人和，其先决条件就是孙权对周瑜的高度信任，才能"策先定于内，功后成于外"。"东风"暗示执政者。如此措辞，王之涣有"羌笛何须怨杨柳，春风不度玉门关"（《凉州词》），孟郊有"春风得意马蹄疾，一日观尽长安花"（《登科后》）。"春风"皆一语双关，唐人此类者不少。杜牧的《隋堤柳》也有"自嫌流落西归疾，不见东风二月时"，也可能借题发挥，具有言外之意。如果"东风"一语双关，这两句诗的内容就复杂了。一方面是诗人用诙谐的口吻和周郎开了个玩笑：多亏东风帮了你的忙，要不然就不堪设想。这是字面意思，也就是只能当作诗人脸上外部表情来看待；另一面则认为历史上的"东风"确给了周瑜方便，换句话说，周瑜遇到了被孙权重用的大好时机，成就了千古功业，而自己虽然"自负经纬才略"，却难得重用，这自然由对英雄的敬慕，引起了自己的心酸。如"质言"之，就是他早年说过的"请数系虏事，谁其为我听？""韬舌辱壮心，叫阍无助声"（《感怀》）。一言以蔽之，就是感慨"春风"不与自己便。这才是诗人心里的真实活动，是这首诗的真谛所在。诗人心里充满了痛楚，脸上却还堆满了笑容，这实在是苦恼人的笑。现实生活中，在我们周围，不是也会见到这种情况？有人会高兴得流泪，有人也会伤心得发出笑声。《赤壁》不正是表现了这种复杂的感情吗？

这首诗前二句庄重之至，后二句又诙谐之极，这种前后的矛盾，就是用这种感情统帅起来的。如果再回头看前二句，它的语重意质，方显出诗人的独具匠心。这首诗虽然正面写设想中赤壁之战的前因后果，但正面写却不意味着直接说，二乔的身份代表着吴国政权的尊严，其地位的变化与吴国的生死存亡休戚相关。如果真的是"锁"了二乔，那就是"凄凉蜀故伎，来舞魏宫前"的局面。诗人不写"东风"如何"与"了周郎方便，却从反面落笔，设想吴败魏胜的结局。既然如此，就写吴国如何被消灭，

"一片降幡出石头"，而却引出"二乔"来，似乎这你死我活的大战是为了争夺两个美人而已。实际上，诗人是为了强调"东风"的至关紧要，没有"策先定于内"，就不会"功后成于外"。诗人以反写正，以小见大，只有如此，才能举重若轻，把一场历史的风雷任意驱遣于笔底。另外，巧用情调上似庄似谐的矛盾，旨在暗逗出无限的意味。发思古之幽情，正是为抒眼前之感慨，寓深曲复杂的用意于轻松诙谐的笔墨之中，这是把"百炼钢"化为"绕指柔"，然而虽是柔，却柔中带刚，使人读来感到英气逼人，用笔锋利，又体味到其中沉郁的情感。在一首小诗里充满了如此丰富复杂的感情，这当然与诗人胸襟、识见分不开，而戛戛独造的艺术手法则更使这首绝句具有不同凡响的风调和深远的用意。

附带应提一下，杜牧这首《赤壁》，特别是那首《齐安郡晚秋》，把黄州（唐州、郡并称，黄州即齐安郡，在今湖北省黄冈县）的赤壁，当作昔日古战场；后来苏轼的《赤壁赋》也犯了同样的错误，恐怕与杜牧是不无关系的。